大唐秘梟
卷·8
百家論劍
方白羽 著

大唐秘梟

卷·8 百家論劍

目錄

第一章 暗算

就這一愣神的瞬間，蒙巨的肥掌已如怒濤般拍到，
迫使他不得已鬆手後退，後心卻剛好撞上蒼魅悄然刺來的藤杖。
待他驚覺想要閃避時，卻已經遲了半步，
在薩滿教日月雙魔兩大絕頂高手夾擊下，被生生刺了個對穿！

泰山雖然是在原安祿山的轄區，但自范陽兵變以來，以平原太守顏真卿、常山太守顏杲卿兄弟為首的唐臣，便高舉義旗抵抗叛軍，得到附近十七個郡縣軍民回應，共推顏真卿為盟主，共同抵禦叛軍侵襲。他們多次打敗范陽叛軍，並斬安祿山數名大將。雖然隨著史思明、尹子奇率范陽精銳南下，急攻河北、齊魯諸郡，常山太守顏杲卿城破被俘，最終在洛陽罵賊而死，但還有顏真卿率義軍縱橫燕趙、堅守平原，成為抵抗叛軍的中堅，使叛軍無法對河北、齊魯諸郡實現完全的佔領。而泰山更是以其複雜的地貌和巍峨的山勢，成為唐軍和叛軍誰也無法完全控制的三不管地帶。

就在這樣一種局勢下，儒門五十三代門主冷浩峰，於嵩陽書院廣發英雄帖，召集各大門派齊聚泰山，舉行十年一度的百家論道大會，自然也就成為了所有人共同關注的大事。

眾所周知，冷浩峰每過齊魯，必到曲阜祭拜儒門先聖孔子，而這次又正趕上孔府一年一度的祭祀大禮，這是孔府最為隆重的大事，他自然也不會缺席。

提前半個月，坐落在曲阜的孔府就已經在張羅準備。作為孔子嫡傳後裔，孔府子弟在儒門中享有極高的尊榮。經濟上，除了歷代皇帝賞賜的良田美宅，還有儒門弟子虔誠的供奉；地位上更是極其特殊，歷代儒門門主的傳承和任免，也要徵詢孔府宗主的意見和建議。

收到冷浩峰的來信，孔府宗主孔傳宗便令府中下人張羅祭祀大禮。儒門最是重禮，何況是祭祀先祖的大事，因此闔府上下皆忙碌起來，即便現在是戰亂時期，也絲毫馬虎不得。

就在這個時候，門房阿福卻略顯慌張地進來，打亂了闔府上下忙而不亂的氣氛。

「老爺，門外有客人求見。」阿福惴惴道。

平日依府中的規矩，阿福是沒有資格親自向孔傳宗稟報的，如今他竟逾禮直接向宗主稟告，顯然是遇到了不同尋常的客人。

「是什麼客人？沒看我正忙著嗎？」孔傳宗有些不悅，他最反感逾禮之事。

「那客人、那客人是由巴圖將軍親自陪同前來的。」阿福小聲囁嚅道。

聽到這話，孔傳宗面色微變，略一沉吟便頷首道：「請巴圖將軍到正堂看茶。」

阿福口中的「巴圖將軍」，其實並不是個多麼重要的人物，只是叛將史思明手下一個不入流的將領，不過，現在他卻是曲阜的佔領者，自從曲阜的府尹在叛軍到來前便望風而逃後，這個北方蠻族將領，便成了曲阜的實際統治者。

孔傳宗不怕叛軍中的漢族將領，因為所有漢族將領都知道孔子和他所創立的儒門，在中原漢人心目中的特殊地位，因此對他的後裔至少會保持起碼的恭敬和尊重，但那些對中華文化一無所知的蠻夷，顯然不一定會對孔府保持足夠的尊重。如今聽他親自登門拜訪，孔傳宗當然不敢怠慢，立刻讓阿福領他到孔府接待最重要客人才會打開的正堂。

孔傳宗不敢在這個不知底細的蠻族將領面前擺譜，所以早早就在正堂中端坐等候。就見府門一道道打開，一個青衫文士在幾名隨從陪同下翩然而來。

雖然這文士身邊的隨從個個都精氣內斂、龍行虎步，任哪一個都是罕見的人物，但跟在這青衫文士身邊，卻絲毫不能掩去他的風采。在他們身後，還有幾個隨從捧著兩個華貴的錦盒，顯然是帶有厚禮來拜見。

孔傳宗緩緩起身相迎，目光卻在那文士身後搜尋，嘴裏問道：「巴圖將軍呢？」巴圖將軍在兵不血刃佔領曲阜後，曾親自登門來拜見和安撫過孔傳宗，所以他認得，如今開正堂相迎，也是看在巴圖將軍的面子。誰知來客中竟沒有看到巴圖的身影，孔傳宗心中剛生出一絲被欺騙和輕辱的感覺，就聽那青衫文士淡淡道：

「我已經將巴圖打發了回去，他不過是替我帶個路、領個門而已。」

對方說得輕描淡寫，聽在孔傳宗耳中卻是暗自心驚，他忙拱手問道：「敢問先生是……」

「在儒門聖裔面前，誰人敢稱先生？」青衫文士不亢不卑地還禮笑道，「小生馬瑜，也讀過幾年儒門聖賢之書，也算是個不入流的儒門弟子。」

聽說對方自認是儒門弟子，孔傳宗放下心來，忙示意下人看茶，待賓主落座後，他才沉吟道，「不知馬先生跟巴圖將軍是什麼關係？突然拜訪有何指教？」

「我其實根本不認識巴圖。」年輕人淺淺抿了口香茗，然後擱下茶杯笑道，「甚至連史思明將軍也不認識。不過，我有大燕聖武皇帝的手諭，所有河北、齊魯地界的大燕國兵將，我都可以隨意調用。」

孔傳宗心中暗驚，面上卻不動聲色道：「原來是大燕國聖武皇帝特使，失敬失敬！」

年輕人毫不謙讓地坦然而受，淡淡笑問道：「先生可知貴府為何沒有在戰亂中遭受那些北方蠻族兵將的騷擾？其實是大燕國大軍在進攻齊魯之前，就收到了小生借聖諭發出的指示，在齊魯之地有兩個名門望族不得冒犯和騷擾，一個是曲阜孔家，一個是博陵崔家。」

博陵崔家，是世人俗稱的「五姓七家」之首，而「五姓七家」則是指中原傳承了幾百年的門閥貴族，他們歷經兩晉、南北朝、隋、唐四朝，一直保持著門第的高貴和尊榮，並不因改朝換代而衰落。

五姓七家的弟子家教森嚴，因此也人才輩出，歷朝歷代出仕入閣的不在少數，隋、唐兩朝文武，竟有三分之一是出自五姓七家，另有三分之一是與五姓七家有著各種姻親關係，可見他們對朝政的影響和重要。曲阜孔家雖然在儒門中有著無比尊榮的地位，但與五姓七家之首的博陵崔家比起來，還是遠遠不如。

聽得對方所言，雖然不知真假，孔傳宗還是急忙便是感謝。

就見這自稱馬瑜的年輕人，突然遺憾地嘆了口氣：「不過，博陵崔家辜負了我對他們的敬重，竟然不願做大燕國的官，甚至不願向大燕皇帝稱臣。弄得小生沒法向聖武皇帝交代，聖武皇帝也因此收回了對他們的特別保護，沒想到最終……」

說到這，馬瑜停了下來，臉上閃過莫名悲戚，他對兩名捧著禮盒的隨從擺擺手，二人連忙將錦盒捧到孔傳宗面前，在他示意下，一名隨從緩緩打開錦盒，一股香氣頓時撲面而來。

孔傳宗定睛一看，面色一變，差點摔倒在地。但見盒中是顆栩栩如生、塗滿香料的人頭，雙目半開半合，直如剛睡醒一般。

「這是博陵崔家的崔宗主，想必孔先生也不陌生吧？」年輕人微微嘆道，眼中甚是遺憾。

孔傳宗當然不陌生，博陵崔家不僅是山東世家望族，也是世人所稱的「五姓七家」之首，幾百年來根深蒂固，枝繁葉茂，幾次朝代更替都沒傷到過崔家的筋骨，沒想到這年輕人竟敢……孔傳宗心中不禁泛起一絲憤懣和兔死狐悲的淒涼。

年輕人擺手示意隨從將盒子擱在桌上，示意另一個隨從打開盒子。

雖然孔傳宗已有心理準備，但見到盒中之物還是嚇出了一身冷汗。但見盒中是無數血淋淋的耳朵，層層累累不知幾何，看模樣有男有女，有老有少，甚至還有精巧如玩具、長不及半指的嬰兒耳朵。

就聽年輕人遺憾嘆道：「崔宗主的不智，令史將軍暴怒，下了滅族之令，傳承數百年的博陵崔家，就這樣煙消雲散，被 幫屠夫從歷史上生生抹去。小生知道崔家跟孔家同為山東世家望族，孔先生跟崔家交情深厚，所以特將崔宗主的人頭和崔家闔府上下一百三十六口的耳朵帶來，望孔先生看在同為山東望族的份上妥為安葬。」

這年輕人說得輕描淡寫，孔傳宗卻是聽得驚心動魄，雙唇打顫不敢應承。

就見年輕人擺擺手示意隨從將盒子擱下，這才徐徐道：「史思明已令尹子奇將軍率大軍不日南下，小生也算儒門後進，不忍見孔府也遭此大禍，所以特意提前來報個信，望孔宗主早作準備。」

孔傳宗忙示意弟子將人頭和耳朵趕緊收起來，這才色厲內荏地喝道：「孔府乃世代書香，敬天地君親師，守仁義禮智信，豈能受你一句威脅，就向蠻夷叛賊俯首稱臣？」

「得了吧！」年輕人不屑地笑道，「儒門忠君守義的教導，只是騙騙世人的堂皇話，難道孔宗主還真信了不成？尊祖孔聖人出身魯國，一生侍奉過多少位君主？只要有人肯讓他做官，就算千里迢迢也巴巴地趕去。哪有半點『忠臣不事二主，烈女不嫁二夫』的氣概？」

孔傳宗氣得鬚髮哆嗦，拍案道：「你、你、你黃口小兒，竟然辱我先祖？」

年輕人和解地抬起手：「好好好！咱們不說令祖，就說貴府。自秦漢以來，經歷了多少代帝王？為何地位一直榮寵有加，從未因改朝換代而遭受太大衝擊、導致家破人亡？說明貴府家主都是聰明人，從來不會為什麼忠義與失敗者捆在一起，與新帝王對抗。無論這新帝王是漢是夷，貴府好像都不會計較。為何到了孔先生這代，倒計較起大燕皇帝出身蠻夷來了？」

孔傳宗無言以對，就聽馬瑜接著又道：

「現在輝煌的大唐帝國兩京都已被范陽大軍攻破，聖上狼狽逃往巴蜀，各地雖有唐軍還在抵抗，但已不成氣候，曾經輝煌一時的大唐帝國，只怕已難逃覆亡的命運。眾所周知，大燕國軍隊多為北方蠻族，對孔聖人可是沒多少敬意，是晚輩千叮嚀萬囑咐，以巴圖為首的蠻族將領才沒有騷擾貴府。晚輩也算儒門弟子，實不忍看貴府因先生逞一時之勇遭遇滅頂之災啊！」

「孔府弟子一向只閉門讀書，很少出仕為官，無論大唐還是大燕的官，咱們都不敢領受。」孔傳宗神情凝重，不再虛張聲勢地堅持。

馬瑜淡淡笑道：「孔府一向是負責孔聖人的祭祀，做不做官倒也無妨。不過有一件事，卻是需要孔先生非幫忙不可。這不僅是幫我，也是幫孔府，幫整個儒門。」

孔傳宗皺眉問道：「不知是何事？」

馬瑜抬手示意幾名隨從退出正堂，孔傳宗也知趣地令丫鬟僕傭退下。正堂中就剩下他和馬瑜二人，就聽馬瑜壓著嗓子正色道：

「本來兩國交戰，跟咱們讀書人沒什麼關係，誰坐江山不都得用咱們讀書人做官不是？但是現在儒門門主冷浩峰，卻要率整個儒門跟大燕國作對，你說這不是給孔府、給整個儒門帶來滅頂之災麼？先生既為孔府宗主，又為儒門舉足輕重的人物，豈能眼睜睜看著冷浩峰為個人的名望，將整個儒門往火坑裏帶？」

孔傳宗見馬瑜目光炯炯地盯著自己，顯然是在等自己表態，他不禁捋鬚沉吟道：「冷門主為儒門領袖，無論從威望還是從儒門地位來說，在下都無權干涉他的行動。」

馬瑜似乎對孔傳宗這答案早有預料，就見他微微一笑：

「冷浩峰若是自己聯絡各大門派跟大燕國作對，那也就罷了，現在，他卻是要先來孔府祭拜先聖，然後再去泰山與各派結盟。在旁人看來，這不是在說這次結盟乃是孔府在幕後策劃？一旦追究起來，不知孔府能不能脫得了干係？即將率大軍抵達齊魯的史思明，可不是我這個文弱書生可以約束。他能將博陵崔家斬盡殺絕，再多屠一門孔府只怕也是等閒。孔府上下一共有一百零三口吧？先生就算不為自己考慮，難道也不為他們考慮考慮？」

孔傳宗心中微凜，沒想到這年輕人已將孔府的情況摸得這般清楚，顯然是有備而來。現在他擺明是以孔府上下一百多口性命在赤裸裸地要脅。

孔傳宗知道在史思明這樣的蠻族將領眼裏，他孔府跟別的豪門大戶並沒有多大不同，即便滅門也不過是一句話的事。他不禁惴惴道：

「那……老夫便通知冷門主，讓他莫來祭拜，以示與之劃清界限。」

馬瑜淡淡笑道：「先生為儒門舉足輕重的人物，難道只想明哲保身，不想為儒門所有弟子做點什麼？」

孔傳宗沉吟道：「閣下的意思是……」

馬瑜神情一正，徐徐道：「我希望先生能在這非常時期挺身而出，擔起拯救儒門的重任。萬不能讓儒門弟子因冷浩峰一人的狂妄，而陷入滅頂之災啊。」

見孔傳宗似乎還有些不懂，馬瑜乾脆挑明道：「冷浩峰已不適合領袖整個儒門，我希望孔先生在這非常時期挺身而出，擔當起門主的重任。我不要你一定幫助大燕國或做大燕國的官，但至少要在大燕國與大唐軍隊勝負未定之前保持中立，以免將儒門陷入危險之境地。」

孔傳宗變色道：「冷浩峰乃上一代門主任命的儒門領袖，豈能說換就換？」

馬瑜微微笑道：「我知道儒門最是看重禮儀，門主的任免非得前任門主的指定，以及德高望重的大儒們的認同，除此之外別無它途。不過有一個特殊情況，也許可以臨時撤換門主。」

「什麼情況？」

「死！」

孔傳宗先是一愣，跟著立刻就明白，冷浩峰要是突然死了，當然就再做不成門主。那儒門須得另選門主，雖然未必輪得到自己，卻也不是完全沒有機會。不過現在冷浩峰正當壯年，怎會輕易就死？除非……想到這，孔傳宗不由激靈靈打了個寒顫，沒想到這貌似溫文儒雅的年輕人，竟如此深沉狠辣，在說到讓冷浩峰死的時候，竟然是如此從容不迫，不帶一絲殺氣。

「讓冷浩峰死的細節不用先生操心，我的人會去做。」馬瑜淡淡道，「先生只要做到兩點，便可拯救整個儒門，孔府自然也平安無事。」

孔傳宗澀聲問：「哪兩點？」

馬瑜徐徐道：「一是在冷浩峰祭拜孔聖人的時候，讓我的人扮成孔府弟子去侍候。二是在拿到冷浩峰門主的信物之後，先生便隨我去泰山，以儒門門主信物號召所有弟子，我保你成為新一代門主。」

孔傳宗額上冷汗涔涔而下，心知要答應這樣的條件，即便自己做了門主，只怕以後也得聽命於這個年輕人。但要不答應，那博陵崔家只怕就是前車之鑒。

他正在躊躇難決，就見馬瑜已長身而起，微微笑道：「先生不必急著答應，你可以先考慮一晚，是要保冷浩峰的命，還是保孔府一百零三個親人的性命，就在先生一念之間。不過在你作決定之前，我要提醒你，孔府周圍已經安插了我的眼線，若是發現孔府中走脫一人，那麼闔府上下都將為他殉葬。」

說完馬瑜拱手告退，丟下目瞪口呆的孔傳宗飄然而去。

他已經走了很久，孔傳宗依然在對著桌上那兩個禮盒發愣。博陵崔家，幾百年的望族啊，一夜之間便沒了，這種冷酷無情的霹靂手段，已經令一向養尊處優的孔傳宗徹底震撼。

「先生，孔傳宗會答應嗎？」孔府門外，辛乙在司馬瑜身後小聲問。

就見司馬瑜微微一笑，自信道：「他一定會答應。」

辛乙有些將信將疑：「可是我聽說，儒門弟子可都是忠君重義、富貴不淫、威武不屈之輩啊！」

司馬瑜微微笑道：「那是真正的儒門弟子，而孔傳宗不是。」

見辛乙有些不解，司馬瑜淡淡道：「書寫理想的人和相信理想的人是兩碼事，孔傳宗不過是為書寫理想者守靈的祭祀官和後裔，你以為他會是個為虛無縹緲的理想獻身的勇士？如果他是，那麼這世上早已經沒有這個孔府了。」

辛乙似懂非懂地點點頭，低聲問：「那我們現在做什麼？」

司馬瑜目視夜色茫茫的天邊，徐徐道：「冷浩峰還有三天就到曲阜了，咱們要在他最尊崇的孔府等著他。」

曲阜雖然已為叛軍佔領，但由於它沒有做任何抵抗，而叛軍為了給別的郡縣樹立一個投降優待的榜樣，因此它沒有遭到戰爭的破壞，甚至也保持著淪陷前的秩序。除了以後改向大燕國繳納稅賦，對於普通老百姓來說，生活並沒有太大變化。甚至連進出城門的盤查，也不比淪陷前嚴格。正是在這樣一種情形下，冷浩峰率幾名儒門弟子悄然來到了曲阜。

一匹健馬噴著響鼻在冷浩峰面前停了下來，馬上的騎手雖然沒有攜帶兵刃，卻依然透著一股練武之人才有的英氣，他勒住馬低聲稟報道：「掌門，弟子已進城去看過，沒什麼問題。」

冷浩峰抬首遙望城門方向，但見城門洞開，守城的兵卒只對進出的商販做簡單的盤查。他頷首道：「好，咱們進城。」

一行人裝扮成行腳商人，給守城的兵卒塞了點微不足道的賄賂，便順利地進得曲阜，一路直奔孔府。早得到消息的孔府弟子在一里外接上眾人，然後將眾人領進了孔府大門。

「現在兵荒馬亂，一切從簡。」冷浩峰邊走邊對那孔府弟子道，「祭祀大禮完後我就走。」

「宗主早已經準備妥當，就等門主前來。」那孔府弟子連忙答應。

說來也怪，孔子生前要弟子不語怪力亂神，儒門中也從來沒有鬼神之說的經典，顯然對鬼神並不怎麼相信。但儒門卻又最是看重各種祭祀和禮儀，在所有人生大禮中，葬禮最為隆重，在所有親人中，對死去的祖宗最是尊敬。冷浩峰身為儒門門主，對此也不敢簡慢，門中每有重大事務，必先敬告祖師，這已經成為儒門慣例。

孔府緊挨著孔祠，冷浩峰在孔府略作歇息，便在孔傳宗陪同下直奔孔祠，但見祠堂中早已為祭祀大禮做好了準備，孔府弟子忙進忙出地張羅，按照古老的儀式接待冷浩峰對先祖孔子的祭拜。

冷浩峰雖然隱約察覺孔府與往日相比有些異樣，但也只是以為在這戰爭時期，孔府弟子難免受到外面各種戰爭流言的影響。

「你們留在這裏。」冷浩峰將幾名隨行的弟子留在門外，然後獨自進得祠堂，依著傳承千年的禮儀，對儒門始祖默默敬告道，「弟子冷浩峰，敬請儒門先聖，在這天下動盪的局勢下，庇佑儒門弟子匡扶大唐正統，平定這天下之亂局。」

三拜九叩之後，按禮就該給孔子上香了。就見一名孔府弟子手捧香燭來到冷浩峰面前，將燃起的香燭遞到他手中。

在接過香燭之前的一瞬間，冷浩峰突然有種寒芒刺背的感覺，不禁盯住了那從未見過的孔府弟子的雙手。但見那是一雙穩定而堅硬的手，手指修長，骨節粗壯，隱隱帶著邊關大漠的粗獷之色——這是一雙握刀的手，而不是一雙握筆的手。

「你是何人？為何混入孔府？」冷浩峰盯著那弟子喝道。

但見對方只有二十多歲，嘴邊始終掛著一抹懶洋洋的笑意。面對冷浩峰的質問，他不以為然地笑道：「冷門主好眼力，只可惜還是晚了一點。」

話音剛落，他手中的香已飛到冷浩峰面前，幾乎同時，他的刀也跟蹤而至。冷浩峰一掌震開對方扔過來的香燭，本能地後退閃避，剛退出兩步，就感覺後心有冷風倏然而來，悄沒聲息，速度快得驚人。

冷浩峰大驚，沒想到這祠堂中還埋伏有另一個高手，看其出手的冷靜和準確，竟然是生平罕見。危急中，他急忙讓過心臟要害，往右倒地一滾，雖然逃脫了必殺的一劍，卻也被突如其來的劍鋒刺入了後胸半尺，深達肺腑。

正面那年輕人的刀已跟蹤而至，直斬冷浩峰咽喉，就在這時，卻見旁邊飛來一柄長劍，將幾乎落到冷浩峰脖子上的刀生生撞開，跟著就見一黑衣老者一掌勢如奔雷，生生將刺客逼退。冷浩峰幾名隨從也蜂擁而入，先後衝入了祠堂大門。眾人立刻將冷浩峰圍在中央，做好了應對一切變故的準備。

兩個刺客見狀立刻退走，並不與儒門眾人糾纏。眾隨從急忙察看冷浩峰傷勢，但見他後心中劍，雖不致命，但傷勢極重。眾人正待施治，冷浩峰卻掙扎著喝道：「不可耽擱，快走！」

話音剛落，就聽祠堂外隱約傳來沙沙的腳步聲，顯然有無數人正向這裏包圍過來。冷浩峰示意眾人關上祠堂大門，忍著傷痛對眾人低聲道：「看來對方謀劃周詳，出動的都不是泛泛之輩，要想安然脫身只怕不易。」

「你們護著門主先走，我帶兩個人擋住他們！」一個面目英挺的年輕人低聲道。他在眾人中間年紀最輕，不過地位卻顯然不低。立刻就有幾個隨從爭著要隨他留下來，掩護同伴護著冷浩峰先走。

冷浩峰吃力地擺擺手：「他們的目標是我，所以我不能走。」說著他從懷中掏出一物，遞給那年輕人道，「阿智，你帶上我的信物先隱匿起來。如果我最終沒能走脫，你就帶它去找一個人。」

那年輕人急忙道：「掌門何出此言，有我裴文智和孟叔他們保護，誰能留下掌門？」

年輕人口中的「孟叔」，便是儒門十大名劍中排第二位的孟伏地，方才便是他扔出手中長劍，在最後關頭擋開了刺客那必殺的一刀。以他和幾名隨從的武功，即便是在已經淪陷的曲阜城中，要保護冷浩峰安然脫身也並非就不可能。

誰知冷浩峰卻擺手道：「方才那兩名刺客的武功，決不在儒門劍士之下，二人一招失算後完全還有機會，卻不願與你們糾纏飄然而退，顯然是認定我已逃不出這座祠堂。這說明這次刺殺不是一時興起，而是還有更厲害的後著。刺殺發生到現在，也不見孔府的人露面，顯然整個孔府都已是他們的同謀。在這種形勢下，這面代表儒門門主身分的令符，就比什麼都重要，甚至比我冷浩峰的性命還重要，決不能落到他人手中，不然整個儒門都有可能因之蒙羞。」

說到這，冷浩峰的目光轉向那年輕人，輕聲道：「阿智，你是儒門最年輕的劍士，你的武功和頭腦在同輩中無人能比，現在我將這塊玉佩交給你，如果我今日難逃此劫，你就立刻帶它去找一個人。」

年輕劍士含淚點點頭，肅然問：「找誰？」

冷浩峰示意他附耳過來，在他耳邊悄聲說了個名字，然後叮囑道：「如果我今日罹難，那他就是儒門下一任門主，而你就是唯一的見證人，你要幫助他擔負起拯救整個儒門的重任。」

年輕劍士裴文智，乃儒門十大名劍中的「智」，不僅武功是同輩中的佼佼者，智慧更是儒門中的頂尖角色，立刻就明白掌門只將那人的名字告訴自己一人的原因，那是怕這些隨從中，有人會落到敵人手中，最終供出儒門繼任者的名字，給繼任者帶來不可預測的凶險。由此可見，冷浩峰已從方才的遇刺中，感受到了對手的可怕，對安然脫身不抱多大希望，因而提前在安排後事了。

裴文智毅然點頭道：「掌門放心，這面令符我暫時替你保存，待掌門平安脫險後我再還給你。只要我在，就保它萬無一失。」

冷浩峰點點頭：「好，你留在祠堂，待我們衝出去引開追兵，你再從後門走。」

冷浩峰說完，轉向方才扔劍救人的老者笑道：「老孟，就拜託你打頭陣了。」

孟伏地是個年逾五旬的黑衣老者，雖然臉上早已刻滿歲月的滄桑，但眼中依舊透著一種龍精虎猛的光芒。聽到冷浩峰吩咐，他咧嘴笑道：「掌門放心，只要我老孟在，就沒人攔得住咱們。」說著轉向幾個同伴一揮手，「走！」

兩個隨從將身負重傷的冷浩峰扶起，跟在孟伏地身後向外走去。

祠堂門剛一打開，就聽一陣箭羽破空之聲撲面而來。孟伏地手舞長劍將飛蝗般的箭羽盡數撩開，一聲輕喝：「走！」

眾人護著冷浩峰奪門而出，就見祠堂外埋伏的一隊黑衣人已迎了上來，眾人身著夜行衣靠，黑巾蒙面，只留兩隻狼一般的目光在外，盡皆透著森森的殺氣。就見這些眸子中，竟有不少是色目人，顯然非中原人士。

孟伏地一聲大吼殺入人叢，率先向門外衝去，他從這些人藏頭露尾的舉動，看出對方不僅是要將儒門眾人全部刺殺，還要防止走漏風聲，以免讓人得知眾人是死在孔府，顯然策劃這次暗殺的幕後主使，還有更大的陰謀和盤算。衝出孔府，讓對方的陰謀破產，這是孟伏地本能的想法。

眾黑衣人武功不弱，不過架不住以孟伏地為首的儒門眾劍士的悍勇，在死傷數人後不由自主向兩旁閃開。儒門眾劍士雖有多人受傷，但依然在孟伏地率領下，護著冷浩峰衝出了孔家祠堂，一路直奔大門。

孔府一座三層高的高樓之上，方才假扮孔府弟子的辛氏兄弟，見儒門眾劍士衝破了包圍，忍不住就想上前阻攔，卻被在高處觀戰的司馬瑜攔住道：「別急，我想看看薩滿教高手真正的實力。」

黑衣人雖眾，奈何其中沒有絕頂高手，在孟伏地為首的儒門劍士衝擊之下，包圍圈漸漸潰散。就見儒門劍士護著掌門一路衝到孔府大門，只要出得孔府大門，進入外面迷宮一般的大街小巷，擺脫追兵便不會有多難。而曲阜的城牆僅有兩人多高，以他們的身手，這點高度自然不在話下。

眼看大門在望，孟伏地卻突然停了下來，他的目光落在前方高牆之上，那裏有個慵懶的人影，像是剛從睡夢中醒來一般，倚在牆上懶懶地伸了個懶腰。

那人身形瘦削，長髮披肩，眼神雖然懶洋洋像剛從睡夢中醒來，卻透著一種冷冰冰的陰氣，宛若一條剛從冬眠中醒來的毒蛇。孟伏地從來沒見過如此瘦的人，他的臉就像是骷髏上蒙了一層皮，令人見過一次就決不會忘記。

孟伏地心神微凜，擺手示意眾人護著掌門先走，而他卻全神貫注盯牢了牆上那人。就見對方身邊倚著一根七尺長的藤杖，杖端竟然是一顆拳頭大小、泛著森森磷光的骷髏。

幾名儒門弟子護著冷浩峰直奔大門，眼看就要來到門口，牆上臥著的那人身形突然動了，一動便如倏然出擊的毒蛇，骷髏藤杖挾帶著一絲銳風凌空而下，直指衝在最前方的儒門劍士。

就在他身形方動的瞬間，孟伏地也一躍而出，長劍直指其胸膛要害。就見對方身形猶如鬼魅在空中一擰，以不可思議的姿態躲過了孟伏地一劍，同時藤杖攻勢不改，依舊刺向衝在最前方的儒門劍士。

那劍士見狀，急忙橫劍想要格擋，卻沒料到對方藤杖來得如此迅捷威猛，在他架開藤杖前，那骷髏頭已經擊中了他的胸膛。那劍士一口鮮血應聲而出，顯然被這一擊傷得不輕。

孟伏地一劍刺空，後招連綿不絕連環刺出，那人不得已變招後退，直退到大門位置才總算格開了孟伏地的攻勢，他不禁瞇起眼打量孟伏地，微微頷首道：「好劍法，怎麼稱呼？」

孟伏地冷哼道：「儒門孟伏地，敢問閣下是……」

瘦如餓鬼的老者頷首道：「原來是儒門排名第二的劍士，難怪。憑你的名號，有資格死在老夫杖下。老夫蒼魅，也不知中原有沒有人知道老夫的名號？」

孟伏地面色微變：「北方薩滿教日月雙魔，月魔蒼魅？」

蒼魅滿意地點點頭：「難得你知道老夫，老夫今天就給你一個痛快！」

孟伏地一聲冷笑：「閣下也算是成名已久的宗師，沒想到今日竟幹起這種下三濫的勾當。不知你的雇主給你多少錢，竟讓你來暗算咱們？」

蒼魅微微笑道：「他沒有給老夫一兩銀子，只是給了一座城而已。」

孟伏地心中暗驚，已悟出真正的幕後主使。他一面暗示同伴護著掌門先走，一面以劍指向蒼魅喝道：「那好，我就看看你有沒有能力掙到那座城。」

話音未落，他已迅然撲上，一出手便是不要命的招數。蒼魅不敢與之搏命，不得已往旁退開幾步，儒門眾人趁機衝向大門，護著掌門往外衝去。

誰知領頭的劍士剛打開大門，身子卻突然飛了回來，像是被突然拋落的木偶，落地後除了喉間汩汩而出的鮮血發出的聲響，再無半點聲息。

突然的變故，令儒門眾人不由後退數步，就見一個面紅如火的胖子，抖著一身肥肉一步步踱了進來。

胖子只有常人高矮，卻比尋常兩個人還寬三分，往大門一站，幾乎將六尺寬的大門堵了個結結實實。胖子雙手空空，滿頭亂髮，即便在這隆冬季節，依舊坦露著贅肉累累的胸膛。

眼看後方的黑衣蒙面人又圍了上來，幾名儒門劍士不要命地往大門衝去，幾柄長劍交織成配合默契的劍網，儼然是一套合練已久的劍陣。

那胖子面對數柄疾刺而來的劍鋒，居然不躲不閃，直到劍鋒及體，他才突然一抖滿身肥肉，就見那些劍鋒如同刺在了滑膩無比的油膏之上，不由自主往一旁滑開。幾乎同時，胖子已飛身撞到幾名劍士身上，就見幾個人猶如遭奔馳的大象撞擊，身不由己往後飛了出去，倒在地上動彈不得。

孟伏地面色大變，雖然是第一次見到此人，卻也從那特異的身形認出了對方的身分，不由失聲輕呼：「日魔蒙巨？」

「既知老夫之名，還不束手就擒？」蒙巨說著，手上卻不稍停，或拍或衝或撞，轉眼間便將儒門眾人隊形衝散。

追來的黑衣蒙面人趁機將眾人分割包圍，片刻間又有數人倒在黑衣人劍下。冷浩峰雖為儒門門主，武功卻未必強過儒門十大名劍，加上身受重傷，眼看便要傷在蒙巨掌下。孟伏地見狀，一聲大吼，急忙挺劍刺向蒙巨咽喉。就見蒙巨微微偏頭讓開劍鋒，跟著竟以脖子上的肥肉將劍鋒生生夾住。

孟伏地也算身經百戰的劍士，卻從未見過有人竟能以脖子夾住劍鋒，心中的震驚與意外可想而知。

就這一愣神的瞬間，蒙巨的肥掌已如怒濤般拍到，迫使他不得已鬆手後退，後心卻剛好撞上蒼魅悄然刺來的藤杖。待他驚覺想要閃避時，卻已經遲了半步，在薩滿教日月雙魔兩大絕頂高手夾擊下，被生生刺了個對穿！

盛會

第二章

紫光道長抬首望向台下群雄朗聲道：

「這百家論道大會，是傳承自春秋戰國諸子百家辯機論道的盛會，其目的是要促進百家發展，相互印證各自的學說和理論，希望各派盡顯所能，為這十年一遇的盛會增光添彩。」

孟伏地一倒，儒門眾劍士一下子便失去了主心骨，在薩滿教日月雙魔和眾黑衣武士圍攻下，很快就失去了抵抗之力，戰鬥成為一邊倒的屠殺。

冷浩峰雖然武功不弱，奈何身負重傷，眼見門人一個個倒下，他不禁瞠目喝道：「住手！」

雖然儒門眾人已失去還手之力，但冷浩峰畢竟是天下第一名門掌門，虎倒雄威在，圍攻的眾人不約而同停了下來，就連日月雙魔也停止了殺戮。就聽冷浩峰平靜道：「讓你們主事之人出來說話！」

蒙亘嘿嘿笑道：「老夫便是主事之人，有什麼遺言就快說。」

冷浩峰眼中閃過一絲冷嘲：「閣下不過是個超級打手，要你殺人還行，要你策劃如此狠辣周全的行動，那還不如叫豬爬樹。」

「你……」蒙亘勃然大怒，渾身衣衫無風而鼓，忍不住就要出手。卻聽不遠處有人徐徐道：「蒙前輩莫受冷掌門挑撥，更不要跟一個將死之人計較。」

眾人循聲望去，就見青衫如柳的書生在辛氏兄弟陪同下緩步而來，但見他步履輕緩，神態從容，與劍拔弩張的眾人成了鮮明的對比。

冷浩峰仔細打量了對方片刻，驚訝於對方似乎並不會武功，卻令眾高手心甘情願效命，眾人那種發自內心的敬服，顯然是針對他本人，而不是他所代表的某個勢力。

「閣下策劃如此行動，顯然是針對我冷浩峰。若是如此，我冷浩峰願束手就擒，只求閣下放過我門人弟子。」冷浩峰說著扔下手中寶劍，輕嘆道，「看閣下也是知書識禮的讀書人，希望不要再多造殺戮。」

書生微微笑道：「冷掌門是痛快人，我也就不妨爽快點。交出你的掌門信物，我放過你的門人弟子。」

冷浩峰看看身邊已經所剩無幾的弟子，緩緩從懷中掏出一面玉佩，緊緊攥在手中道：「你放他們走，我把它給你，不然就將它捏碎，大家一拍兩散。」

青衫書生淡淡笑道：「你現在沒有資格談條件，除了將它獻上，求我饒你門人弟子一命，沒有別的選擇。」

冷浩峰似猶豫了一下，最終還是緩緩拜倒在地，無奈道：「掌門信物在此，還請閣下信守諾言，放過我門人弟子。」

一名黑衣武士在那書生示意下越眾而出，上前就要接過信物，誰知冷浩峰卻倏然出手，奪過他手中的刀奮然撲向兩丈外的青衫書生，人未至，他已將手中的刀奮力投出，跟著不記後果一掌拍出，直襲那書生胸膛。

書生身旁兩個隨從，一個拔刀撩開了飛來的刀，一個則出劍刺向冷浩峰心臟。在離那書生不及三尺之處，冷浩峰的身形停了下來，他的胸膛已被那一劍刺穿，口中鮮血汩汩而出。他盯著近在咫尺的敵人，緩緩舉起手中的玉佩，嘴邊露出一絲傲然的笑意，然後奮力將那玉佩捏成了碎片。

倖存的幾名儒門劍士見掌門戰死，不禁嗷叫著想要衝過來報仇，卻被日月雙魔和黑衣武士們盡數斬殺。頃刻間，儒門眾人全軍覆沒，那書生臉上卻沒有一點勝利的得色。一旁的隨從掰開冷浩峰的手，卻見那玉佩已經碎成不及米粒大的殘渣，再看不出原來的模樣。

「不好，掌門令符已被他捏碎！」辛乙失聲道。

司馬瑜微微搖頭道：「不對，這令符已經被他送走，所以他才不惜犧牲所有門人，故意在我面前將之捏碎！」說著他猛然轉向祠堂方向，「帶著令符的人一定還沒走遠！快追！」

就在離戰場不及十丈遠的一棵大樹上，裴文智目睹了冷浩峰和所有同門被殺的整個過程。看到無數黑衣人向祠堂後門追去，已遠離祠堂的他狠狠擦乾眼淚，借著對孔府地形的熟悉，向相反方向悄然而逃。

半個時辰後，分頭追擊的辛氏兄弟和眾武士紛紛回轉，看眾人垂頭喪氣的模樣，便知道最終的結果。

辛乙略顯歉疚地搖搖頭，低聲道：「沒有掌門令符，先生的計畫恐怕……」

「無妨！」司馬瑜胸有成竹道，「即使沒有令符，咱們的計畫也依然不變。」

泰山腳下的岱廟，既是歷代帝王泰山封禪的聖地，也是道門屈指可數的廟觀，平日裏就香火鼎盛、香客雲集，如今十年一度的百家論道又即將在此舉行，收到儒門門主冷浩峰帖子的百家傳人，以及聽到消息的各路江湖豪傑，不顧戰亂紛紛從各地陸續趕來，令岱廟和整個泰州城，一下子變得熱鬧非凡。

正是在這個時候，任天翔也帶著義門眾人，悄然趕到了泰州。

在離開馬嵬坡後，任天翔先去了王屋山白雲庵，可惜母親依然沒有消息，他便將楊玉環和上官雲姝暫時安置在那裏。一來這裏人跡罕至，不怕有人無意間撞見；二來這裏是母親出家的庵堂，自己隨時會來請安，也好有個照應。

楊玉環從小嬌生慣養，自然不願在江湖顛沛流離，能有白雲庵這處世外桃源棲身，當然求之不得，而上官雲姝則是看在任天翔救命之恩的份上，自願留下來保護，以免面對小薇的白眼。任天翔經這耽誤，趕到泰州時剛好與義門眾人會合，十多個人走在一起原本有些扎眼，不過如今泰州城各路豪傑雲集，倒也沒引起旁人的注意。

義門眾人包下了泰州城一家客棧的後院，倒也不顯得擁擠。

除了任天翔和小薇，這次來泰安的只有八名墨士和褚剛，以及祁山五虎中倖存的焦猛、朱寶兄弟。任天翔心知百家論道雖然最終是論劍，但都是公平論劍，不是靠人多取勝，因此兵貴精而不在多。憑八名墨士和褚剛的武功，加上自己轉授他們墨家失傳千年的武功秘笈，任天翔對義門在這次盛會上的表現頗具信心。

「明天就是約定的日期，卻始終不見這次盛會的召集者露面，不知何故？」任天翔算著日子，心中有些奇怪。

打探消息回來的任俠笑道：「儒門是天下第一名門，冷浩峰作為儒門的掌門，當然要拿足架子，等到群雄聚齊他才施施然露面，不然何以顯出他天下第一名門的氣勢？」

褚剛也笑道：「有笑話說，儒門中人就連去茅廁，都要依照尊卑貴賤排定次序，冷浩峰沒撒清晨第一泡尿，後面的弟子再急也得先憋著。」

眾人哄堂大笑，任天翔知道這笑話雖然有些誇張，但儒門最重禮儀和尊卑等級卻是不爭的事實，因此對冷浩峰沒有露面也就不感奇怪，只問道：「明天就要在岱廟開始論道，大家準備得如何？」

眾人紛紛道：「鉅子放心，咱們義門隱忍了這麼多年，早就等著一鳴驚人的這一天。」

任天翔見眾人眼中皆有躍躍欲試的興奮之色，心知再是心靜如水，畢竟也是苦練多年的武士，誰不想在世人面前一展沉寂千年的墨家風采？受到眾人感染，他也不禁意氣風發，欣然道：「好！咱們明日就讓世人知道，當年與儒門、道門齊名的墨門，今天又回來了！」

第二天一早，任天翔便帶著眾人隨熙熙攘攘的各路豪傑，趕到泰山腳下的岱廟。

但見岱廟廟門大開，幾名道士正在門外迎客。各地趕來的江湖豪傑加上當地看熱鬧的閒人雖然超過了萬人，但以岱廟的恢弘廣大，倒也可以盡數接待無妨。

任天翔帶著眾人來到廟門，任俠先遞上拜帖，岱廟的迎客道士接過一看，立刻拖著嗓子高呼：「義門門主任天翔，率義門弟子到！」

義門因有任重遠，所以在江湖上也算名聲在外。立刻便有岱廟的道士過來為任天翔領路，但見進門便是一方圓數十丈的廣場，廣場中央已搭起了一座一人多高的木臺，臺上擺著幾個方桌和木凳，顯然是給江湖上有名望有地位的名門大派宗師們預留。而高臺四周則圍著兩圈桌椅，已有不少江湖豪傑三五成群地散坐，正熱烈地議論和相互打探各種小道消息。

任天翔來得有些早，就見高臺上空無一人，四周的江湖豪傑也稀稀落落還沒到齊。領路的道士將眾人領到臺前，小聲解釋道：

「義門也算是中原武林名門大派，任門主可以到臺上就坐，不過只能帶一位門人隨行。現在時間還有些早，任門主可以先隨小道去後面的客房歇息，待正午時分再隨眾位掌門一同出來。」

任天翔心知依照各人的身分安排座次，這是大唐習以為常的風俗，也是各種場合下繁文縟節的一部分。在以前他就有點厭惡這種習俗，如今在接觸了墨子的思想後，對這種在任何場合下都將人分成三六九等的做法，已是極其反感。他對那道士擺手道：「不用了，我就坐這裏。」

那道士有點意外，忙提醒道：「這裏是給普通人準備的位置，任門主為何要屈尊？莫非是小道有什麼得罪之處，令任門主心中不快？」

任天翔聞言，不禁失笑道：「道兄多心了，我沒別的意思。我只是跟自己同門兄弟在一起慣了，不習慣跟他們分開。再說我一個年紀輕輕的後生，若跟眾多名宿和前輩一起擱那臺上展覽，定會讓人笑掉大牙。」

見那道士依然有些狐疑和不解，任天翔便抬手示意道：「道兄招呼別人吧，不用來管我。你就當我是一普通人，不用特別照應。」

將那道士打發走後，任天翔等人才分散到兩桌坐了下來。就見各路江湖豪傑陸續趕到，漸漸將高臺前方的座位坐滿，後來的則只能站到後面，偌大的廣場漸漸開始熱鬧起來。

快到正午時分，就聽迎客道士在門外高呼：「商門門主岑剛，率商門弟子駕到。」

任天翔聞言循聲望去，就見一名年過二旬的錦衣漢子正大步進來，與他並行的則是一個風度翩翩的富家公子。看二人年紀，無論誰做門主都有些不像，不過各路江湖豪傑卻紛紛起身招呼，不敢有絲毫怠慢。

任天翔雖然沒有上前湊趣，但嘴邊也露出了一絲會心的微笑。他已認出領頭的錦衣漢子，正是當年岑老夫子的兒子岑剛，與之並行的則是在洛陽結識的老朋友，洛陽鄭家的大公子鄭淵。看眾豪傑對他的態度，顯然比對商門門主岑剛還熱情。

商門到了沒多久，就聽迎客道士又在高呼：「道門元丹丘道長，率道門弟子駕到。」

聽著這傳呼，周圍眾人不禁議論紛紛：「這道門領袖不一向是司馬承禎道長麼？何時輪到他元丹丘出頭？」

任天翔也有些好奇，回頭望去，就見元丹丘正被迎客道童領了進來。就見他稽首一拜，對上前迎接的岱廟住持賠罪道：「家師有點小恙，無法參與這次盛會，所以特令弟子持他的信物代他前來，並讓弟子特向此間的住持紫光道長道個歉。」

滿面紅光的紫光道長遺憾地捋鬚嘆道：「如此盛會，司馬道長竟遺憾缺席，實在是道門一大損失。不知尊師身體如何？可還要緊？」

元丹丘忙道：「家師只是偶染風寒，倒也不算要緊。只是家師年歲已高，不耐長途奔波，所以才令弟子替他前來。」

「原來如此！」紫光道長說著，忙將元丹丘迎入接待貴賓的後殿。任天翔聽得司馬承禎未能與會，心中正有些遺憾，突聽身旁有人冷哼道：「染點風寒就不來，這司馬老兒也太矯情了一點！」

這聲音近在耳旁又來得突然，將包括任天翔在內的所有人都嚇了一跳。轉頭望去，就見座中不知何時多了個白髮蒼蒼的老道，緊挨在任天翔身旁坐著，相距不足一寸，也不知他是何時坐下，又坐了多久。

雖然場中與會的江湖豪傑眾多，但畢竟都是身懷利器的武林中人，除非是熟悉的朋友，陌生人之間若突然靠這樣近，實為江湖大忌。所以一旁的褚剛想也沒想，就一把扣向老道肩頭，另一旁的任俠更是握住了桌上的劍柄。

老道身形未動，直到褚剛一把扣實，他才微微抖了下肩頭。褚剛身體頓像是被大力推了一把，身不由己往後便坐倒，一屁股墩結結實實坐到了地上。

對面任俠一看，長劍立時刺出，隔著桌子遙指老道肩胛。老道「咦」了一聲，突然抬手捏住了劍鋒，就見任俠的劍離他的肩胛已不足一寸，但就這不到一寸的距離，卻是再難逾越分毫。任俠大驚失色，卻聽老道好整以暇地讚了一句：「好劍法！」

話音未落，同桌的幾名墨士幾乎同時向老道出手。就在這時，突聽任天翔一聲輕喝：「住手！」幾件兵刃便應聲停在了老道身前。

「哇靠！」老道爆了句粗口，對任天翔詫異道，「你身邊啥時候有這麼多高手？差點要老道丟醜當場！」

任天翔忙示意眾人收起兵刃，笑道：「大家別亂來，這是道門前輩張果張道長，跟我算是忘年之交，大家別見外。」

杜剛詫異道：「張果？就是當年皇上想招為妹夫，他卻逃婚而去，最終修煉成仙的道門名宿張果老？」

老道呸了一聲，罵道：「老道要修煉成仙，豈會讓你們幾個混蛋差點亂刀砍死？」

眾人一聽這話，趕緊收起兵刃，紛紛向張果賠罪。

褚剛兩次在張果手下吃癟，每次都十分狼狽，心中頗為不平，氣鼓鼓地沒有開口，對任天翔的眼色也裝著視而不見。張果見狀不禁笑道：「你小子別發火，誰讓你一身釋門內功，老夫一見釋門禿驢就生氣。你雖然不是禿驢，卻幹嘛要練那禿驢的武功？」

「你……」褚剛氣得拍案而起，瞠目怒道，「前輩武功勝我十倍，但士可殺不可辱！我練釋門武功干你何事？若這也讓你看不順眼，褚某願為師門再向前輩討教！」說著作勢就要動手，眾人連忙阻攔，好說歹說總算將他攔住。

張果饒有興致地打量著褚剛，嘿嘿笑道：「小子不錯，明知打不過還敢打，有點像老夫年輕的時候。待老夫有空就教教你，讓你知道什麼才是高明的武功。」

若是別的練武者，聽到這話定是轉怒為喜，誰知褚剛卻忿忿道：「前輩武功高強，跟在下卻也沒什麼干係。晚輩從小學的就是釋門武功，對別的武功也不感興趣。」

張果有些意外，嘿嘿冷笑道：「不愧是無垢那老禿驢的徒子徒孫，難怪這般倔強。」

任天翔見褚剛又要發火，連忙打岔道：「無垢是五臺山禪宗掌門吧？跟白馬寺無妄、無心大師可是師兄弟？前輩這麼恨無垢大師，莫非以前曾敗在過他的手上？」

張果臉上頓時有些尷尬，瞠目怒道：「什麼敗不敗，當年無垢那禿驢以詭計贏過老夫半招，老夫倒也沒怎麼放在心上。只是這老禿驢不講江湖規矩，從此再不跟老夫動手，讓老夫再沒有扳回的機會，這才讓老夫耿耿於懷！」

任天翔聽得暗自咂舌，這張果的武功他親眼見過，就連有道門第一人之稱的司馬承禎也未必能勝，沒想到當年竟敗在了五臺山禪宗掌門無垢大師手下。

他突然又想起與無垢大師齊名的白馬寺主持無妄大師，與摩門大教長佛多誕秘密會晤後，竟將在長安的廟產、也即後來的大雲光明寺拱手相讓。這中間雖然可能有利益的交換，但也可能是無妄大師輸在了佛多誕手下。雖然後來褚剛在他們秘密會晤的雲房，並沒有發現任何打鬥的痕跡，不過想以他們這個級別的高手，若真印證過武功，也未必會留下任何痕跡。

任天翔正自思忖，卻見張果正以異樣的目光打量著自己和小薇，他不禁笑問道：「前輩這樣看著我做什麼？莫非我有什麼奇怪？」

「你確實非常奇怪。」張果一本正經道，「想老道那寶貝女兒既漂亮又溫柔，出身還特別高貴。你竟然拒之千里，卻將一個醜丫頭當成個寶貝，整天帶在身邊。」

任天翔鬧了個大紅臉，正要向小薇解釋，卻感到胳膊一痛，已被她狠狠掐了一把。他不敢聲張，只得咬牙強忍。還好小薇手上力道漸漸溫柔，眼中隱隱泛起一絲柔柔的蜜意，顯然已不再責怪他了。

就在這時，突聽大門外的迎客道童又在高唱：

「五臺山清涼寺無垢大師，率釋門眾弟子駕到！」

聽到這傳呼，所有江湖豪傑都安靜下來，齊齊望向門外。

就見幾名緇衣布鞋的僧人在迎客道童引領下大步進來，領頭的老僧面如滿月，頷下白鬚飄飄，雖年歲已高，卻依然神采奕奕，令人一望而生敬意。任天翔雖是第一次見到他，卻立刻就猜到，這必定就是釋門北方掌教無垢大師了。

除了他之外，隨他前來的那些僧人，任天翔也都不陌生，其中赫然就有當年在吐蕃見過的少林十八羅漢。

作為主人的紫光道長急忙迎上前，稽首拜道：「貧道見過無垢大師，大師遠道而來，一路上辛苦了！」

無垢連忙還禮，雙方客氣了一回，便由紫光道長親自將無垢領進後殿。

就在這時，又聽迎客道童高唱：「儒門肖敬天，率同門駕到！」

話音剛落，就見一名身材高大健碩的老者，在十多名腰懸佩劍的文士陪同下進得大門。紫光道長急忙迎上前去，拱手拜問：「肖先生總算是到了，不知冷門主何時趕到？」

就見那老者皺眉道：「冷門主約咱們在岱廟會合，按說早該到了，不知為何到現在還沒有音訊。我已派人去城外迎接，怕各位門主久等，所以肖某先一步趕來。」

紫光道長忙寬慰道：「現在兵荒馬亂，冷門主途中有所耽誤也未可知。請肖先生去後殿歇息，等冷門主一到，便由他親自主持這次盛會。」

肖敬天連忙替冷門主向紫光道長賠罪，雙方正在客氣，褚剛已在任天翔耳邊悄聲介紹道：「這肖敬天便是儒門十大名劍之首，據說武功比儒門門主冷浩峰還高，為儒門第一高手。由他親自主持的研武院，是儒門培養劍士的聖地。凡自研武院出身的儒門弟子，無一不是江湖上一流的劍士。若論武功高低，各派或許難有定論，但要論到高手之多，天下公認儒門第一。即便是擁有少林武僧團的釋門，也比儒門稍遜一籌。」

任天翔心知成為超一流高手已經不易，天賦、勤奮、機遇缺一不可，而培養出那麼多一流高手，那更是難上加難。這肖敬天不光自己武功高絕，還為儒門培養了如此多的一流劍士，其才能實為世間罕見。

他不禁細細打量了幾眼，但見這儒門第一劍士已經年近花甲，臉上線條如刀削斧砍，透著一種花崗岩般的冷硬，深邃的眼窩中是一對透著寒光的眸子，猶如劍鋒般閃爍著凜凜銳芒，令人不敢直視。他的腰間斜斜挎著一柄外觀古舊的劍，但沒人會注意那柄劍，因為他本身就是一柄已經出鞘的劍。任天翔忍不住在心中嘆道：果然是個絕頂的人物，難怪儒門能成為天下第一名門。

肖敬天率幾名儒門劍士隨紫光道長進去後，周圍各路江湖豪傑不禁紛紛議論起來：「這冷浩峰架子也太大了吧，中原各大門派都已經到齊，他這個召集者卻還沒有露面。莫非是要咱們齊聲高呼——恭迎冷門主駕臨泰山！」

眾人紛紛附和，都對儒門一貫的繁文縟節大加批判，眼看著日頭已經西移，漸漸過了約定的正午，無數江湖豪傑不禁鼓噪起來。

作為此間主人的紫光道長無奈，只得登臺對眾人道：「冷門主或許遇到意外，未能及時趕來，貧道只好暫時替冷門主主持這次百家論道的盛會。有請各位門主登臺！」

在眾人歡呼聲中，釋門無垢大師，道門元丹丘，商門岑剛，先後在一名同門陪同下登上了高臺，儒門因冷浩峰未到，所以暫時由肖敬天與另一位儒門劍士頂替。

眾人先後就座，紫光道長在知客長老提醒下仔細看了看來客名單，然後衝臺下稽首道：「義門傳承自墨家，也屬當年百家之一，是這百家論道大會當然的貴賓。不知義門門主任天翔何在？請上臺就坐！」

任天翔起身還禮道：「多謝紫光道長好意，不過在下後生晚輩，豈敢與各位前輩名宿並列？再說義門祖師墨翟，一向反對將人分出等級貴賤，所以晚輩也不敢自認貴賓，還是在這裏就座比較心安。」

任天翔這話引得臺下無數江湖豪傑叫好，卻令臺上眾人有些尷尬。紫光道長臉上隱然有些不悅，見任天翔年紀輕輕，全然沒有一分任重遠當年的風采，他也就不再堅持，頷首道：「既然任門主這樣說，那也由你。」

紫光道長不再理會任天翔，抬首望向臺下群雄朗聲道：

「這百家論道大會，是傳承自春秋戰國諸子百家辯機論道的盛會，後因種種原因中斷了上千年，直到本朝貞觀年間，太宗皇帝開百家之禁，百家論道大會才又在中斷千年之後重開。其目的是要促進百家發展，相互印證各自的學說和理論，為普通人修身養性，為君王治世立國尋找一種或多種可行的方法和理論，百家論道既是思想的交流，也是實力的展示，有著極其重要的現實意義。希望各派盡顯所能，為這十年一遇的盛會增光添彩。」

臺下群雄紛紛起鬨：「道長儘快進入主題吧，每次都一樣的開場白，咱們都聽膩了。」

紫光道長示意大家安靜，連連頷首道：「大家稍安勿躁，按規矩，這百家論道大會，本該由上屆奪得天下第一名門的門主或他委託之人主持，如今冷門主因故未趕到，便由儒門弟子替他主持吧。」說著回頭對肖敬天示意，讓他接替自己。

肖敬天略一謙虛，便對同桌的同門點了點頭。二人顯然有默契，那儒門中人立刻長身而起，先對紫光道長一拜，然後對臺下群雄團團拜道：

「弟子顏忠君，因冷門主未至，只得勉為其難，將冷門主不顧戰亂干擾，一定要進行這次盛會的意圖告訴大家，希望大家能理解冷門主的苦心，並響應冷門主的號召。」

任天翔聽到他的介紹，便知他就是儒門十大名劍中排名第三的「君」了，就見他看起來像是個博學文士，即便腰懸佩劍也沒有一分武人的氣質，實在想不通他怎麼會是儒門十大名劍之一。

「相信大家也都知道，如今天下大亂，范陽叛軍正揮師南下，蹂躪我中原。」顏忠君朗朗道，「身為儒門弟子，怎可置天下蒼生於不顧，一心唯讀聖賢書？因此冷門主在這非常時期召集大家，是希望諸子百家的傳人暫時拋開分歧，先救萬民於水火。大唐東西兩京雖為叛軍佔領，但大唐正統還在；燕趙齊魯雖大部分為叛軍佔領，但顏帥依然還在率義軍戰鬥，而且急需要大家的支持。」

任天翔知道顏忠君所說的顏帥，便是曾經救過自己的平原太守顏真卿、如今河北齊魯大部淪陷，東西兩京被叛軍佔領，皇帝西巡入蜀，太子李亨還沒有音訊，齊魯燕趙百姓再聽不到來自大唐朝廷的消息，因此顏真卿和他的大唐義軍，便成為齊魯百姓心目中最後的希望。但是現在義軍內缺糧草外無援軍，確實急需來自各方的支持。任天翔雖然反感儒門的許多理念和作風，但對它在國難面前這種挺身而出、勇擔道義的精神，也是暗自敬服。

眾人聞言也都紛紛鼓掌，齊齊為顏忠君這番開場白喝彩。

就在這時，突聽遠處有人冷冷喝道：「冷門主剛遭遇不幸，是誰就在篡改他召集這次百家論道大會的本意？」

聲音雖然不大，卻蓋過了場中的喧囂，清清楚楚傳到眾人耳中。眾人循聲望去，就見一行人正從大門外大步進來。也許門外迎客的道童光顧著看熱鬧，沒留意到新來的客人，所以也就忘了高聲傳呼，以至他們進得大門，才讓群雄發覺。

「是孔府的家主孔傳宗，還有儒門十大名劍之一的邱厚禮！」有人認出了剛剛趕到的來客，不禁小聲嘀咕起來，「這冷浩峰怎麼回事？什麼叫遭遇了不幸？」

方才說話的是邱厚禮，他也是出身研武院的儒門十大名劍之一。他像大多數儒門中人一樣熱衷於仕途，只不過別人主要是靠科舉，靠道德文章，而他則想靠自己最擅長的武功，走權貴之門這條捷徑。所以他先後投靠過李林甫和楊國忠兩朝權相，只可惜就在他剛成為楊國忠心腹，前途一片光明之際，安史之亂突然爆發，沒多久聖上就不得已逃離長安，在馬嵬兵變中，他敏銳地感覺到楊國忠大勢已去，所以在御林軍誅殺楊家上下的過程中，他始終沒有出手相救，反而趁亂逃回了長安。

他知道大唐帝國完了，一股新的勢力正在崛起，正以摧枯拉朽之勢橫掃中原。他是一個精明的人，決不願將自己的前途命運與沒落的大唐帝國綁在一起，所以冒險潛回長安尋找機會。他知道新崛起的大燕國需要人才，尤其是像他這種出身名門正派、文武雙全的特殊人才。只可惜那些來自北方的蠻族將領，對女人和財富的興趣遠遠超過了人才，正在他情緒低落、晉身無門之際，他遇到了司馬瑜，他的命運因此而改變。

他一輩子都記得第一次遇見司馬瑜的情形，這目光似乎能透視他人的年輕書生只看了他一眼，便以主子的口吻對他說：

「你是儒門劍士，而我也算是個儒門弟子。從今往後你就跟著我，我保證給你想要的一切，但是你必須像狗一樣聽話，你若對我的命令有絲毫懈怠，我保證你會死得很慘！」

這貌似文弱的年輕書生，年紀比邱厚禮小上一半，幾乎是手無縛雞之力，但他內心的自信和強大令邱厚禮瞬間折服。他毫不遲疑地拜倒在地，懇切地道：「邱某願誓死追隨公子，從今往後唯公子馬首是瞻！」

就聽對方淡淡應道：「要你這樣的人誓死效忠那是個笑話，我只要你在我得勢的時候，一絲不苟地替我辦事。如果有一天我不幸失勢，我允許你另謀高就，甚至可以將我的人頭作為晉身之階。」

邱厚禮被對方洞悉人心的本領嚇出了一身冷汗，伏在地上不敢抬頭，顫聲道：「在下萬萬不敢背叛公子，如若不然，願天打雷劈、不得好死！」

「起來吧，以後不必再跟我說這些廢話。」書生對邱厚禮的誓言似乎並不在意，轉而道，「你來得正好，即刻隨我去泰山，咱們有大事要辦。」

就這樣，邱厚禮隨司馬瑜來到了這裏，一路上他小心翼翼，不敢有絲毫懈怠。他感覺自己在這貌似文弱的書生面前，五臟六腑都像是透明的，早已被對方看得明明白白。對方知道他想要什麼，所以毫無顧忌地將他當狗一樣使喚，這樣一來，邱厚禮反而感到心安，他已看出這年輕人在新興大燕國中的地位絕對是舉足輕重，而且以這書生的頭腦和才能，他的地位肯定還將穩步提高，只要忠心耿耿為他辦事，不用擔心他會虧待自己。

周圍的群雄讓出一條路，邱厚禮坦然隨著孔傳宗登上了高臺，將隨行的十多名孔府弟子留在了臺下，立刻有岱廟的道童為孔府弟子新添了幾張桌椅，將他們安排在前面最好的位置。

高臺之上，顏忠君忙迎上來，先與神態有些不自然的孔傳宗見禮，然後轉向邱厚禮問道：「厚禮，你方才說冷門主遭遇不幸，這是怎麼回事？」

邱厚禮沉聲道：「我接到冷門主的傳書，依約趕來泰山與他會合，途經山東曲阜，正好遇到冷門主在曲阜郊外遭遇了不明身分的刺客伏擊。刺客似乎對冷門主的行蹤瞭若指掌，調集的人手不下百人。我趕到時刺殺已近尾聲，追隨冷門主的弟子盡皆戰死，而冷門主也只剩下最後一口氣，在我將他送到孔府的當晚就不幸去世。追隨冷門主的七名弟子中，只有裴文智下落不明。」

「你這話什麼意思？」顏忠君急忙喝問，「莫非想說是文智出賣了門主？想文智追隨門主多年，怎會突然幹出這種事？」

「我什麼都沒說，只是在陳述事實。」邱厚禮沉聲道。

「冷門主可有什麼遺言？」一旁的肖敬天急忙問道。

「冷門主去世前，將代表儒門門主的令符交給了孔宗主。」邱厚禮肅然道，「並讓孔宗主暫代他擔起門主的重任，直到儒門找到更合適的掌門人為止。」

眾人的目光不禁轉到孔傳宗身上，孔家雖然在儒門中地位尊崇，但一向是以文傳家，孔府弟子無人習武，因此與儒門劍士並無多少往來，跟江湖上的豪傑更是沒有任何關係。

平日除了在祭祀大禮上見過孔傳宗，以肖敬天為首的儒門劍士對他並不是太瞭解。

就見孔傳宗哆哆嗦嗦地從懷中掏出一物，對眾人高高舉起。那是一面玉牌，是代表儒門門主身分的令符！

「冷門主確有此遺言。」孔傳宗在眾目睽睽之下顯得有些拘謹，「老夫受他所托，暫替他保管這面令符，直到儒門找到新一任門主為止！」

在那樣一種情形下，冷浩峰將門主令符交給孔傳宗，並讓他暫代門主之責也是合情合理。肖敬天不再有異議，轉向邱厚禮問道：「那些刺客是什麼人？什麼武功來歷？」

邱厚禮低聲道：「我不敢確定，在沒有確鑿證據前，我不敢亂說。」

眾人聽到這話，不禁議論紛紛，顯然邱厚禮語中之意，那些刺客竟不是來自有最大嫌疑的北方蠻族，而是來自他熟悉的中原武林！

論道

第三章

就聽她對群雄朗聲道：

「既然是中原武林與薩滿教論道，總不能所有人都輪番來挑戰本教吧？我看你們還是選出幾個有分量的高手，分別代表中原名門大派，與本教現場論道，誰能最終勝出，誰就是新的天下第一名門！」

「他在說謊！」就在邱厚禮話音剛落的當兒，任天翔立刻小聲說出了自己的判斷。一旁的任俠小聲問道：「公子憑什麼這樣肯定？」

任天翔答不上來，只能說幸好自己坐在臺下第一排，能清楚地看到邱厚禮說話時的每一個神態、每一個眼神，以及手上每一個微不足道的小動作。所有這些特徵綜合起來，就能證明他在撒謊，但是這個推斷過程，對沒有修煉過「心術」的人來說，顯然是無法理解。

他也曾經將「心術」的秘笈寫給任俠和另外兩個比較聰明的墨士去修習，但是卻沒有像自己這樣立刻就見到效果，可見「心術」不是每個人都能領悟和修習，難怪墨門自墨子以後，就再沒有出過像他那樣偉大的鉅子。

「我就是知道。」任天翔只能這樣對任俠解釋，「而且跟司馬瑜走在一起，他的出現就必定是一個陰謀。」

「司馬瑜？在哪裡？」褚剛等人驚訝問道。

就見任天翔用嘴往新添的孔府弟子那一桌一努：「喏，跟孔府弟子混在一起。不僅有他，當年安祿山身邊兩個武功最好的武士也都在。大家莫望，等下看他們如何表演。」

幾個人連忙收回目光，低聲問：「司馬瑜親自到場，會是什麼陰謀？」

任天翔搖搖頭：「我現在還不知道，不過只要耐心往下看，遲早會看穿他們的目的。」

任天翔等人在臺下小聲嘀咕，臺上的肖敬天等人也十分疑惑，他問出了所有人都想問的問題：「為什麼？除了范陽叛軍派出的殺手，還有誰會暗算冷門主？誰又有這個實力暗算咱們天下第一名門的掌門？」

「大哥為何認定就是范陽叛軍所為呢？」

「因為冷門主召集這次百家論道大會，就是要聯合中原武林同道，共同抵抗叛軍！」

「大哥錯了！」邱厚禮輕輕嘆道，「冷門主臨終前的遺言，卻是要我和孔宗主轉告所有儒門弟子，在這天下大亂之際，儒門需保持中庸平和的立場，不要介入塵世的戰亂，更不要逆潮流而動，為整個儒門帶來無法預測的凶險。」

此言一出，臺下群雄頓像炸開了鍋，紛紛議論起來。如果這次大會的發起者都明哲保身，置天下安危於不顧，那麼大家結盟抗賊的想法，豈不就成了個笑話？

肖敬天也不禁厲聲喝道：「放屁！冷門主怎會留下這樣糊塗的遺言？」

邱厚禮無辜地攤開手，委屈道：「大哥要不相信我，可以問問孔宗主，當時他也在場。」

肖敬天目光轉向孔傳宗，就見對方肯定地點了點頭，舉起手中的令符囁嚅道：「冷門主當時確實是這樣說的，邱先生句句屬實。」

孔傳宗在儒門中地位特殊，如今又手執冷門主的信物，肖敬天不敢駁斥他的話，但是他也決不相信冷門主會留下這樣的遺言。這與當初冷門主召集這次大會的初衷完全相左。

邱厚禮像是看出了他的疑惑，輕嘆道：

「冷門主留下這樣的遺言其實也可以理解。當初冷門主發帖召集這次百家論道大會時，潼關尚未失守，聖上依舊坐鎮長安，大唐正統還在。但是現在大唐東、西兩京盡失，文武百官除少數隨聖上逃離京城，不知所終，留下來的大多轉投了大燕國，做起了大燕國的官。現在大唐氣數已盡，而大燕國正在興起，正所謂此一時、彼一時也。冷門主留下這樣的遺言，也是審時度勢之後，從儒門長遠利益出發，留下的一道在亂世中保存儒門的遺命啊！」

「放屁！」肖敬天怒道，「就算聖上不知所終，大唐王朝在風雨中搖曳，但依然還有郭子儀、李光弼等忠於唐室的將領，在與叛軍浴血奮戰，更有顏真卿、顏杲卿這樣的儒門英雄，在為百姓守疆衛土。在這樣一種形勢下，冷門主怎會令儒門弟子置身事外，明哲保身？」

邱厚禮嘆道：「大哥只知其一，不知其二。想古往今來，決沒有永世傳承的王朝，也沒有永遠不變的正統。當天子沉迷美色、寵信奸佞，外用虎狼之將，內則武備廢弛之際，天道就已經不在他那一邊。儒門雖以忠義立世，嚴守君臣綱常，但是儒門弟子更應該順應天道。天地君親師，儒門首重這天道輪迴，其次才是君臣綱常，所以千百年來，儒門經歷了多少次朝代更迭，從沒有逆天而行，而是順應天道之輪迴，才能保持長久之興盛。冷門主高瞻遠矚，在局勢未明之前，令儒門弟子保持中立，這是何等英明、何等睿智啊？難道大哥還不明白冷門主的良苦用心？」

「放屁！」肖敬天滿臉憤懣，他知道邱厚禮所說皆是歪理，只可惜自己嘴拙，不知如何反駁，只能怒斥道，「我決不相信冷門主會留下這樣的遺命，任你說破天，我也不信冷門主會置天下百姓於不顧，要儒門置身事外，做縮頭烏龜！」

不僅肖敬天不信，就是臺下眾多江湖豪傑也大多不信，這跟冷浩峰一向的為人不符。不過也有部分人對邱厚禮冒傳的冷門主遺命深信不疑，覺得這才是儒門千年來安身立命的秘訣，要每次朝代更迭都對原來的朝廷盡忠盡義，那儒門早已經不知被人滅了多少回。

混亂中，就聽邱厚禮對肖敬天淡淡道：「大哥，現在孔宗主手執冷門主的信物，又有邱某作證，你若還是不信，那就是在質疑孔宗主的威信了。邱某身受冷門主臨終所托，要輔佐孔宗主替他行使儒門門主的職責，誰若不敬孔宗主，便是不敬冷門主，邱某只好捨命相護！」

話音未落，邱厚禮已經握住了劍柄，剎那間，他的平和之態便已消失，肅殺之氣頓時從他身上蔓延開來。臺下群雄漸漸鴉雀無聲，盡皆驚訝地望著臺上儒門兩大劍手默默對峙，誰也沒想到這次百家論道大會還沒開始，作為召集者的儒門便要發生內訌。

肖敬天知道所有人都在望著自己，如果自己退縮，只怕以後在江湖上抬不起頭來。但若是不退，那麼儒門便要成分裂之勢。他心中權衡再三，最終還是將儒門大局放在了個人面子之上，對邱厚禮默默拱手一拜，低頭道：「兄弟說得有理，為兄不該質疑孔宗主的權威，望孔宗主恕罪。」

邱厚禮頷首道：「很好，既然大哥對孔宗主執掌儒門沒有異議，就請先行退下。這次百家論道盛會，便由孔宗主代冷門主主持。」

肖敬天對孔傳宗默默一拜，與顏忠君低頭退下臺，將儒門的位子留給了孔傳宗和邱厚禮。在邱厚禮陪同下，孔傳宗先與釋門、道門、商門諸人見禮後，這才惴惴落座，臉上神情頗為忐忑。眾人只當他從未參與過江湖上這等劍拔弩張的聚會，也沒有多想。

「我知道他們的企圖了！」任天翔悄聲道，「假傳冷門主遺言，擾亂這次百家論道大會，妄圖借儒門孔傳宗這個傀儡，竊取中原武林盟主之位，至少也讓中原武林結盟不成。所有這些的目的，都是為配合范陽叛軍奪取大唐江山。」

見眾人都有些將信將疑，任天翔笑道：「不信繼續往下看，下一步，邱厚禮會鼓動中原各派結盟，只是這盟主，他多半是要推舉孔傳宗出任。」

褚剛沉吟道：「孔府弟子非武林中人，孔傳宗也不過是因血統而高貴，本身並無絲毫武功，才幹也未得到過證明，何以服眾？」

任天翔笑道：「這正是司馬瑜高明之處。俗話說文無第一，武無第二，要想以武功懾服天下群雄，只怕難如登天。既然如此，不如推舉一個絲毫不會武功的人來當盟主，反而容易得到眾多桀驁不馴的江湖豪傑的擁護。孔傳宗乃孔聖人後裔，而儒門又是天下第一名門，本身實力就已不弱，如果再得到司馬瑜暗中相助，他當武林盟主還真不是不可能。」

眾人正在小聲嘀咕，就見臺上紫光道長開口道：「貧道為此間地主，方才因冷門主缺席，這才勉為其難主持大局。如今冷門主雖然遭遇不幸，但他已托德高望重的孔先生代他掌管整個儒門，既然如此，這次盛會就由孔先生來主持吧！」

「好！」臺下群雄紛紛鼓掌。在中原百姓心目中，儒門孔聖人有著至高無上的地位，他的後人自然也得到大家的敬重，何況他還受到冷門主的重托，因此對他主持這次盛會大家並無異議。

孔傳宗忙起身團團一拜，清了清嗓子道：「老朽對武林中的事不是很懂，因此就由邱先生代老朽向大家轉達冷門主臨終遺命，以及召集這次百家論道大會的最終目的。邱先生請！」

邱厚禮略作客氣，便來到高臺中央，對身後的幾名武林名宿恭敬一禮，然後回頭對眾人拜道：「冷門主對儒門弟子的囑託，其實也是對整個中原武林的希望。他希望通過這次百家論道大會，中原各派能結成聯盟，既不奉唐，也不抗燕，在天下大勢未分之前，保持中原各派的中立，直到出現一位真正能一統天下的真命天子，大家再奮勇追隨，開創一個全新的時代！」

眾人一聽這話不禁紛紛起鬨，有人高聲問道：「不知邱先生口中的真命天子是誰？誰可當得起這個稱號？」

「我不知道！」邱厚禮坦然道，「不過自古天下大亂之際，必有真命天子降臨於世，救民於水火。漢有高祖劉邦，唐有太宗皇帝，在如今這個天下大亂、戰亂頻起的時代，也必定會有人應勢而起，成為拯救天下百姓、開創一個全新時代的蓋世英豪！」

「這蓋世英豪在哪裡？難道是安祿山那個莽夫？」

「呸！安祿山乃亂世胡兒，他要做皇帝，老子第一個不答應！」

眾人正議論紛紛，就見臺上幾個武林名宿中，道門的代表元丹丘突然清了清嗓子，朗聲道：

「邱先生這話甚是有理，前不久家師夜觀天象，發現紫微昏暗，幾乎不可再見，而西天卻有新星正冉冉升起，完全蓋過紫微的光芒。看方位，這顆新星不是來自北方，而是出自咱們中原。」

眾人皆知紫微星就是帝星，它的明暗強弱代表了當今天子的運勢，聽元丹丘所說這天象，顯然與當今皇帝的遭遇暗合。而元丹丘的師傅乃道門第一人司馬承禎，他的話在眾人心目中無疑有著莫大的權威。元丹丘雖然沒有明說，但所有人都明白了這天象的意義，那就是大唐王朝帝星即將隕落，有新的帝星正在升起，他不是出自范陽，而是來自中原！

眾人不禁面面相覷，都在心中暗問：難道大唐真的已經衰落，中原會有新的真命天子出現？

「我低估了司馬瑜的雄心壯志！也低估了他的手腕！」任天翔聽到這裏，終於明白了司馬瑜真正的意圖，不禁扼腕讚嘆道，「他不是要配合范陽叛軍的行動，而是要將整個中原武林收為己用，他要做拯救天下百姓於水火的蓋世英豪，他就是元丹丘口中那個真命天子！」

「元丹丘或者司馬承禎怎麼會幫他造這個謠？」褚剛小聲問道，「這種事弄不好就要誅滅九族，無論是大唐皇帝還是大燕皇帝，恐怕都不會放過他。」

任天翔搖頭嘆道：「所以司馬瑜就是司馬瑜，他比我們都自信，也比我們都要大膽。他比我還敢冒險，這也是古往今來所有開國帝王共有的特質。不過現在他還不會讓人聯想到自己，目前他只要放出中原即將出現一個真命天子的謠言，就足以令中原武林對大唐王朝離心離德，大家寧願等待真命天子出現，也不願再為沒落的大唐王朝賣命。他的計畫應該是漸進的，只有在條件合適的時候，人們才會知道天象預示的真命天子原來是他！」

任天翔略頓了頓，嘆道：「至於司馬承禎怎麼會幫他造這個謠，你們忘了他們都姓司馬？也許他們之間有著不為人知的親緣關係也說不定。只是我沒想到，司馬道長世外高人，竟然跟司馬瑜這個陰謀家同流合污，甚至為他的陰謀，不惜押上了道門第一人的名望。」

「司馬老兒不是這樣的人。」一直在打盹的張果老突然開口道，「司馬老兒外表謙和，其實內心狂得很，江山社稷都不在他眼裏，他會為一個後生晚輩的小花招搭上自家名聲？」

任天翔若有所思地點點頭：「若司馬道長不是這樣的人，莫非是元丹丘冒他之名暗助司馬瑜？元丹丘常駐的道觀在東、西兩京，若司馬瑜以元丹丘的弟子和同門相要脅，或許真能逼這個道門名宿就範也說不定。」

張果嘿嘿冷笑道：「只怕用不著要脅，一個常在權貴跟前應承的道士，還能算是方外之人？只要心裏盯著的是榮華富貴和權勢地位，那骨子裏就是一隻狗，誰扔給他塊骨頭他就跟誰走。」

任天翔想起元丹丘乃玉真公主親信，又與長安、洛陽兩地豪門交往密切，確實不像是個真正的方外之人，讓人收買也不算太奇怪。沒想到這次百家論道的盛會上，司馬瑜還未公開亮相，就已經將中原兩大名門正派首腦人物暗中收服，顯然對這盟主之位是志在必得了！

「公子打算怎樣對付那司馬瑜？」一直不曾說話的小薇，突然輕聲問。

任天翔想了想，搖頭道：「不知道，先繼續看他表演。不過，我遲早會用一切辦法，讓他的陰謀破產！」

小薇囁嚅道：「公子為何一定要跟他為敵呢？這個世界誰做皇帝不都一樣？」

任天翔遺憾地嘆道：「其實從我內心來說，對司馬瑜絕頂的才智和深藏於骨子裏的狂傲，是既佩服又欣賞。但是這不是我跟他的私事，這是關係整個中原武林，乃至整個天下的大事。不錯，誰做皇帝都跟咱小老百姓沒什麼關係，但是為爭做皇帝而進行的戰爭，卻跟我們每一個人息息相關。長安淪陷後的情形，以及咱們這一路過來的慘狀你也看到了，每一個稍有仁義之心者都恨不能早點結束戰爭。也許李唐子孫不是最好的皇帝，但安祿山和他手下那些蠻族將領卻是最壞的統治者。就算是兩害取其輕，我們也必須幫助大唐抵抗叛軍，何況太子李亨即將在靈武登基，以我對他的瞭解，應該是個還算不錯的天子之選。」

就在眾人議論紛紛之際，商門年輕的門主岑剛也高聲道：「現在戰亂頻頻，咱們商門的生意已經沒法再做，早盼著這天下能出一個真命天子，重新收拾山河，還天下以太平！至於這個真命天子是不是姓李，咱們商門還真是不怎麼在乎。」說著，他轉向一旁似在閉目眼神的釋門高僧，「就不知無垢大師對這個問題怎麼看？」

就見無垢合十道：「善哉善哉！老衲方外之人，釋門更是與世無爭，釋門弟子不過是隨大流而已。」

岑剛的話得到了不少人的附和，就聽臺下有人高喊道：「既然現在誰也不知道真命天子在哪裡，不如先散了吧，還結什麼盟？這次百家論道大會大家便吃吃喝喝，和氣收場，倒也輕鬆愉快！」

這喊聲得到了部分人的應和，更多人則是紛紛起鬨。人多了就是這樣，各人都有自己的算盤和主意，還有的人則是故意在搗亂，抱著唯恐天下不亂之心尖叫嚷嚷。

就在場中形勢一度失控之時，突聽門外迎客道童高聲唱道：

「薩滿教蓬山老母，率門人前來赴會！」

眾人一下子安靜下來。雖然知道蓬山老母就是安祿山生身母親的人不多，但所有人都知道薩滿教是北方蠻族共同的信仰，也是大燕國的國教，它並不屬於中原武林，以前跟中原武林也沒什麼來往，卻未經邀請就突然前來參家百家論道盛會，顯然是來者不善。

岱廟大門洞開，就見兩列手執各種奇怪幡杖、頭戴高帽、身披大紅色法衣的薩滿弟子魚貫而入，他們沒有像別人那樣來到三清殿前方的高臺，卻在群雄身後，在離百家論道的高臺對面十多丈遠處的照壁前停了下來。

在這二十四名薩滿弟子之後，是無數工匠僕役扛著各種工具材料，在照壁前方有條不紊地忙碌起來，一個三丈見方的高臺漸漸在他們的手中立了起來，雖然有些簡潔，卻一點不顯粗陋，甚至比對面岱廟搭起的臺子還高出幾分。

不過盞茶功夫，高臺就已完工，最後中幾名薩滿弟子仔細為它鋪上了大紅地毯，並在兩旁插上薩滿教的經幡和旗幟，如此一來，這簡單的木臺就透出幾分莊嚴氣象，甚至透出一絲莫名的詭異。

高臺完工，眾薩滿弟子齊齊跪倒，同聲高呼：「恭迎蓬山老母駕臨泰山！」

喊聲未落，就聽門外傳來響鈸、胡笳、號角等法器奏出的聲響，在法器的嘈雜聲中，又有兩隊薩滿女弟子魚貫而入，在她們之後，四個赤裸著上身的蠻族巨漢扛著一乘幔帳低垂的巨輦，邁著平穩整齊的步伐徐徐而來。透過隨風飄忽的幔帳，隱約可見其有個人影，眾人一見便知，這巨輦上一定就是蓬山老母了。

四個蠻族壯漢將巨輦抬上高臺，穩穩置於高臺中央，眾薩滿弟子齊聲再拜：「恭迎老母駕臨！」

「平身！」巨輦旁一個女弟子高聲道，聲音清脆如鈴。

眾弟子應聲侍立於高臺兩旁，就聽那女弟子對群雄朗聲道，「蓬山老母說了，既然是百家論道大會，當然不能少了咱們北方薩滿教。咱們蓬山一脈乃薩滿教領袖，便代表薩滿教與中原武林論道。」

群雄原本還只是抱著看稀奇的心態，安靜地關注著薩滿教的排場，待聽到這話，眾人不禁哄笑起來。

有人高聲調笑道：「哪來的蠻夷巫婆，沒見過中原江湖豪傑的手段，開口就要與中原武林論道，真是讓人笑掉大牙！」

「姑娘不是要論道，是論劍吧？賤人的賤？」有人高聲附和。

話音未落，那調笑聲就戛然而止，像是被人一下子捏住了脖子。群雄本能地往兩旁散開，就見場中兩個中原武林漢子滿臉痛苦，捂著咽喉跌跌撞撞地從人叢中出來，掙扎著先後撲倒在地，抽搐了兩下便不再動彈。有人小心翼翼上前將二人翻過身來，但見二人渾身上下並無傷痕，只是滿面紫黑，已然氣絕。

「冒犯本教，這就是下場！」那姑娘朗聲道，聲音依然清脆悅耳，卻令人不寒而慄。方才還在哄笑調侃的江湖豪傑，頓時面面相覷、噤若寒蟬。

他們都是刀頭舔血的漢子，並不是沒有見過死亡，但是像這樣莫名其妙就氣絕身亡的死法，他們卻連想都沒想到過。方才那二人是混在人群之中，要從混亂的人叢中挑出這兩個說風涼話的漢子，本身就已經非常之難，還要在數十丈外將他們不動聲色地殺死，而且還要讓他們周邊的人毫無所覺，這簡直就不是武功，而是巫術了！

就連武功幾近仙人的張果也不禁瞪大了雙眼，喃喃自語道：「媽的這是啥妖術？老道活了一個甲子，也從來沒有聽說過。」

任俠等人也是滿臉震駭，以他們對武功和毒藥的瞭解，也無法想像薩滿教是如何殺人。

只有任天翔微微笑道：「這不是武功，也不是巫術，而是千術。」

「千術？」眾人皆莫名其妙。

就見任天翔悠然笑道：「你們是武功高手，遇到這種情況，總是從武功毒藥上去想，而我是普通人，所以就只有琢磨能不能用尋常的手段就達到這種效果？如果是我來安排，便在群雄中安插幾個托兒，故意說話冒犯薩滿教，然後毒殺兩個早已被控制住的冤大頭，自然就出現了你們看到的這種情況。」

眾人恍然大悟，紛紛點點頭道：「原來如此！這薩滿教也太詭詐了，竟然想到用這種手段威懾大家。」

「裝神弄鬼本就是薩滿教的作風，不過這個騙局恐怕不是出自薩滿教之手。」任天翔微微笑道，「想必這是千門中最初級的騙術，薩滿教也是司馬瑜的棋子，其作用就是逼迫中原武林結盟，將孔傳宗這個傀儡立為盟主。」

接下來的發展印證了任天翔的推斷，幾個不信邪的江湖豪傑先後向薩滿教發起挑戰，卻都莫名其妙就被薩滿弟子所殺。

薩滿教最後出場的是一個不施脂粉、英姿颯爽的紅衣少女，看到她，小薇忍不住用胳膊捅了任天翔一下，低聲調笑道：「你夢中情人也來了！」

任天翔不用細看，便認出那是安秀貞，沒想到她竟然也成了司馬瑜的棋子。

就聽她對群雄朗聲道：「既然是中原武林與薩滿教論道，總不能所有人都輪番來挑戰本教吧？我看你們還是選出幾個有分量的高手，分別代表儒門、釋門、道門、商門等中原名門大派，與本教現場論道，誰能最終勝出，誰就是新的天下第一名門。從此號令江湖，凡在本次百家論道大會中落敗的門派，皆要對勝出者惟命是從！」

此言一出，頓時群情激奮，斥罵呼喝聲不絕於耳。這簡直就是向整個中原武林挑戰了，難怪薩滿教要在對面搭起高臺，明顯就是要跟中原武林唱對臺戲。

混亂中，就聽安秀貞朗聲道：「堂堂中原武林，難不成都是倚多為勝的英雄？想以人多勢眾與本教高手論道？若是如此，你們便一起上吧，本教能與中原群雄混戰一場，倒也不虛此行。」

原本爭相要上前應戰的各派群雄，聽到這話不由靜了下來，寂靜中，就聽安秀貞款款道：「蓬山老母給你們一炷香時間，希望在一炷香之後，能看到中原武林真正的高手出場論道。」

薩滿教眾弟子退到高臺周圍，不再與群雄糾纏，安秀貞則在高臺前點起香燭，然後退到巨輦旁扶劍侍立。

看到這裏，任天翔忍不住讚了一聲：「高明！如此一來，中原武林不得不結盟共抗強敵，儒門將成為號令天下的第一名門！司馬瑜每一步都算無遺策，果然是我見過最高明的棋手！」

「難道他比公子還高明？」小薇笑問。任天翔搖頭嘆道：「比我高明十倍不止，如果是面對面鬥智鬥謀，我連一分機會都沒有。論頭腦，我從不服人，但是在司馬瑜面前，我卻不得不服。也許這世上只有一個人是他的對手，無論對弈還是鬥智，都可與他相抗。」

「誰？」眾人齊聲問。

「李泌！」任天翔眼中閃過一絲敬意，跟著又搖頭嘆道，「我跟李泌和司馬都下過棋，感覺只有他倆才是旗鼓相當的對手。只可惜李泌遠在靈武輔佐李亨，除了他，我想不出還有誰，能破掉司馬瑜這場謀奪中原武林統治地位的彌天大局！」

「咱們直接站出來揭破他們的陰謀不就完了？」褚剛不解道。

「如果是那麼簡單，司馬瑜就不是司馬瑜了。」任天翔嘆道，「不說咱們的話未必有人會信，就算有人相信也未必敢出頭。現在道門、儒門已被司馬瑜掌控，商門門主岑剛也明顯傾向儒門的立場、只有釋門立場木明，加上薩滿教在一旁虎視眈眈，誰還敢敢站出來？」

「公子也別妄自菲薄！」任俠笑道，「你忘了咱們還沒有出手？以你的頭腦加上咱們義門弟子的忠誠，未嘗不可與司馬公子鬥上一鬥。」

任天翔憂心忡忡地搖頭嘆道：「以司馬瑜之智，怎會算不到咱們義門會來？可是到現在為止，我也猜不到他要用什麼手段對付義門，只能走一步看一步。咱們儘量晚一點出手，或許能發現司馬瑜的弱點和破綻。」

眾人還在小聲議論，就聽臺上邱厚禮道：「大家靜一靜，孔宗主有話要講。」

眾人望向孔傳宗，就見他來到高臺前方，團團拱手拜道：「嗯，這個，各位江湖豪傑，請聽老朽一言。」

群雄漸漸安靜下來，就聽孔傳宗逐字斟酌道：

「老朽雖不是武林中人，但蒙冷門主臨終所託，暫時擔負起儒門門主之重任，便要為儒門略盡綿薄之力。現今有邪魔外道犯我華夏，中原武林當團結一致，共同對外。這中原第一名門的稱號原本只是個虛名，如今卻要成為號令武林的旗幟，因此，它決不能落到邪魔外道手裏。為了保證這稱號不為邪魔外道所奪，老朽建議中原各大門派聯合起來，避免內耗，一致對外，以維護我華夏正統！」

孔傳宗這番話半文半白，與江湖豪傑的語言格格不入，不過好歹大家聽了個明白。有人高聲問：「結盟沒問題，不過咱們中原武林以誰為首？誰做這盟主啊？」

「那自然是像上次那樣論劍了，哪派高手能力壓群雄，它的掌門就做這盟主！」

「切！那不成了外敵在側，自己人先開打？大違孔老先生的本意？」

「那不如就讓孔老先生做這盟主好了，儒門是天下第一名門，孔老先生是儒門代門主，他做這盟主自然是順理成章！」

「對對對！除了他老人家，誰做武林盟主老子都不服！」

……

眾人漸漸達成了統一的意見，便是由孔傳宗做這武林盟主。一來他不會武功，他做盟主不會令江湖豪傑感到壓力，二來他出身高貴、地位尊崇，又是現任的儒門代門主。而且儒門向來就是華夏正統的代表，由他做盟主簡直就是眾望所歸。

面對眾豪傑的一致推舉，孔傳宗謙讓了幾句，最後道：

「既蒙大家錯愛，老朽便勉為其難擔此重任。待到天下平定，社稷安寧，老朽自會退位，解散盟約，依舊回家讀書養老，安享天年。」

孔傳宗這番表態，將眾人最後一絲顧慮也打消，眾人不禁紛紛叫好，齊齊鼓掌祝賀。混亂中，就聽邱厚禮高聲道：「既是中原武林各派結盟，便不能像小孩扮家家。大家需歃血為盟，敬告天地，從今往後唯孔盟主馬首是瞻，孔盟主令旗所至，便是赴湯蹈火，在所不辭！」

眾人哄鬧聲漸漸弱了下來，江湖豪傑視誓言如生命，一旦歃血為盟，敬告過天地，那就得堅決做到，不然就會失信於天下，從此一錢不值。

眾人心知結盟之誓重於泰山，心中還在猶豫，就聽孔傳宗咳嗽道：「這個結盟之事，大家還是從長計議，自願為好。想老朽一文人，也實在沒有能力領袖群雄。」

人叢中有人高聲道：「如此大事，從長計議固然沒錯，但現今薩滿巫婆正在一旁看我等笑話。笑話咱們中原武林一盤散沙，大敵當前依舊還打著各自的小算盤。我三手門雖為中原武林不入流的門派，卻也不願受邪魔外道號令。我三手門願尊孔老先生為盟主，從今往後，唯孔宗主馬首是瞻！」

三手門即是盜門，一向為名門正派不齒，沒想到這次竟最先響應結盟的號召。他的話提醒了眾人，萬一天下第一名門的稱號被薩滿教所奪，那麼以後中原武林，便要接受薩滿教號令了。薩滿教那種殺人於無形的巫術，已讓群雄心中有了陰影，心知中原武林若不聯合起來，任何一派都沒有必勝的把握。所以很快就有更多人響應結盟的號召，共推孔傳宗為盟主，這漸漸成為中原各派共同的呼聲，不願結盟的門派只剩少數，並且皆默不作聲，因此場中就只剩下結盟的歡呼了。

「既然孔宗主眾望所歸，咱們便立刻敬拜天地，歃血為盟！」邱厚禮朗聲道，「從今往後，所有結盟的門派便都為同盟兄弟，同氣連枝，生死與共。誰傷我同盟兄弟，所有門派共擊之！」

眾人紛紛叫好，在現今這天下大亂的局勢下，眾人有一種抱團求安全的本能，因此又有更多門派加入，那些默不作聲、未響應結盟號召的門派已經所剩寥寥。

由於這次盛會是由冷浩峰召集，中原武林大小門派絕大部分都派人出席，甚至是掌門人親自到場。除了儒、釋、道、商等大門派，其他門派還有近百之數。邱厚禮忙令弟子準備雄雞烈酒，安排歃血為盟所需的物事。由於這次百家論道大會，原本就有結盟的計畫，所以這些物事都是現成。

眾人亂哄哄張羅不久，很快就將儀式所需的東西全部準備停當。有岱廟的道士在儒門弟子幫助下，在高臺前排下香案，燃起香燭，然後將一碗碗烈酒送到所有結盟者手中。眾人所見，除了釋門無垢大師以方外之人不參與俗事推託，幾乎所有門派都加入到結盟的隊伍中來。

現在萬事俱備，就等孔傳宗率先舉起血酒，昭告天下，中原武林各派結成盟約，共推其為盟主，以求在這亂世中自保，甚至借這亂世趁機崛起。

就在這無比莊嚴肅穆的時刻，突聽有人不合時宜地朗聲道：「等等！」

眾人循聲望去，就見是個沒有見過的年輕人。眾人不禁相互打聽，才從紫光道長那裏得知，這其貌不揚的年輕人，竟然是當年天下第一大幫會義安堂，也就是現在的義門之門主。

人們不禁好奇地望向他，很想知道他憑什麼以如此年紀，就成為江湖上最年輕的掌門，難道就因為他是任重遠的兒子？

論劍

第四章

薩滿弟子正要上前阻攔，他已經踏著一人的肩頭躍上臺去，伸手便將高臺上燃著的那根香連同香爐一起抄在手中。

就在這時，臺上那乘巨輦垂著的幔帳突然飄了起來，一股颶風憑空而出，直捲向老道那瘦小的身子。

任天翔知道自己必須站出來了，若等群雄歃血為盟，擁護孔傳宗做了盟主，那麼中原武林便成為了司馬瑜手中的棋子，成為他爭霸天下道路上的一塊墊腳石。他不能看著中原大小門派被人利用還渾然無覺，他必須站出來阻止司馬瑜的陰謀。

在眾人注視之下，任天翔一步步登上了高臺，他先對無垢大師一拜，在無垢合十還禮之時，二人目光相接，俱露出一絲會心的微笑。就這一眼，任天翔已看到無垢大師臉上的正氣和眸子中的睿智；接著，任天翔又轉向元丹丘，嘻嘻笑道：

「師父在上，弟子任天翔有禮了！」

元丹丘眼中有些詫異，連忙還禮道：「任門主如今領袖一方，丹丘子豈敢受此大禮？」

「一日為師，終身為父。古人的教誨弟子不敢稍忘。」任天翔說著像是突然想起一事，「哦，對了！司馬道長曾經說過要送我一件厚禮，這次他沒有托你給弟子帶來？」

元丹丘一愣，眼中閃過一絲慌亂，但立刻就神色如常道：「家師沒有交代，也許是忘了吧。你知道我師父年歲已高，記性已不如從前。」

任天翔沒有再追問，這已經夠了，他已經從元丹丘的反應，知道對方並非司馬承禎的代言人，而是假冒其師名。他又轉向岑剛和鄭淵，笑拜道：「能結識兩位商門俊彥，是小弟大幸。」

岑剛跟任天翔沒有打過交道，只聽說他是長安城有名的紈褲子弟，所以眼裏滿是不屑地還了一禮；鄭淵眼中則露出了會心的微笑，對任天翔微微頷首沒有開口。他們已經熟悉到用不著客氣，一個眼神就知道彼此所想。

任天翔最後以晚輩之禮對孔傳宗拜了一拜，這才轉向群雄朗聲道：

「在下任天翔，為當年義安堂，也就是今日義門之門主。義門傳承自千年前的墨子，曾是與儒門、道門齊名的中原名門大派。只是後來因種種原因，義門隱匿於江湖，不再為人所知。十年前的嵩山論道，家父任重遠雖然也曾率義門弟子出席，但卻只是旁觀，沒有參與論道。所以儒門這天下第一名門的稱號，在咱們義門弟子眼裏一錢不值。今日大家既然再次推舉儒門門主為中原武林盟主，儒門還想繼續保留天下第一名門的稱號，就得先問問咱們義門答不答應。十年前義門未能與儒門論道爭鋒，十年後可以再補上，如果儒門能勝過我義門，才真正算得上天下第一名門！」

此言一出，群雄頓時像炸開了鍋，有人紛紛叫好，有人則在哄然嘲笑。任天翔待群雄哄笑聲稍平，轉向孔傳宗道：「不知儒門十大名劍，今日有幾位劍士在場？」

孔傳宗吶吶地答不上來，臺下立刻有人替他答道：「八位！」

「很好！」任天翔笑道，「我義門也正好有八位劍士隨我參與盛會，這豈不是冥冥中的天意？咱們便以本門八名武功最高的劍士公開論劍，儒門若能勝出，我便承認你是天下第一名門，孔宗主是中原武林當然的盟主，從今往後，我義門弟子唯孔宗主馬首是瞻！不過，要是儒門劍士輸在了我義門劍士手下，這天下第一名門的稱號，從今往後就得歸我義門！」

臺下群雄聞言紛紛叫好，唯恐天下不亂。孔傳宗不知如何應對，只得將目光轉向身旁的邱厚禮，就見邱厚禮也不敢做主，悄悄望向臺下混在孔府弟子中的司馬瑜。

見司馬瑜微微頷首，他才上前一步，傲然道：「好！我便替孔宗主答應你，定要讓你輸得心服口服！」

「可是薩滿教那炷香恐怕等不了那麼久！」臺下有人高聲提醒道。

話音剛落，就聽有人一聲輕哼：「這還不簡單，你們放心比試，老道保證那炷香燃到足夠時辰。」

這聲音不大，卻清清楚楚傳到每一個人耳中，眾人循聲望去，就見方才還與義門眾人同桌而坐的那個邋遢老道，突然間變成了一道看不真切的虛影，游魚般在人叢中晃了幾晃，竟從密集的人群中穿了出去，直奔對面薩滿教那座高臺。

在高臺前侍立的薩滿弟子正要上前阻攔，他已經踏著一人的肩頭躍上臺去，伸手便將高臺上燃著的那根拇指粗細的香，連同香爐一起抄在手中。就在這時，臺上那乘巨輦垂著的幔帳突然飄了起來，一股颶風憑空而出，直捲向老道那瘦小的身子。

就見老道左手護著香爐，右手劃個大圓，將那股直襲其面門的颶風引開一旁。颶風雖然偏離原來的軌跡，但威力卻是不減，正好落在數丈外一株合抱粗的老樹上，就聽「喀嚓」一聲巨響，那棵數百年的老樹竟然應聲折斷，砸在岱廟的圍牆之上。

群雄看得目瞪口呆，卻聽那老道渾然無事地喝道：「老巫婆，老道待會兒再來領教。」話音未落，他的身影已如游蛇般穿過人群，落在岱廟所搭的高臺之上。

他將香爐往元丹丘面前的桌上一放，不等他開口，元丹丘便趕緊起身相讓。就見他盤膝坐於香爐前，對任天翔道：「小友你慢慢跟儒門較量，有老道在，保證這炷香至少還能燃一個時辰！」

眾人見那炷香已經燃去大半，剩下的還能燃小半個時辰就不錯，正不知這老道何以敢誇下這等海口。就見他略一調息，雙手抬起呈環狀，兩掌虛對，將那炷香遙遙環於雙掌中央。就見那明亮的香火一下子暗了下來，保持著一種將熄未熄的狀態，人們這才明白，他竟然是要以高深的內力，減慢香燭燃燒的速度。

任天翔已看明白了張果的意圖，回頭對邱厚禮笑道：「咱們得抓緊時間，莫讓外人小瞧了咱們中原武林。要是這炷香燃完後咱們還沒分出勝負，以後咱們兩派在薩滿教面前全都抬不起頭來。」

邱厚禮望向司馬瑜，見他微微頷首，邱厚禮立刻道：「好！比就比！邱某願第一個領教！」

群雄聞言紛紛叫好，都想親眼看看敢於挑戰儒門劍士的義門，究竟有多強的武功。就見任天翔對邱厚禮頷首笑道：「好，我這就派劍士出戰。」

重新回到臺下的座位，任天翔見義門眾人眼中既有躍躍欲試之色，又隱隱有些擔憂。任天翔知道他們擔憂所在，因為他們見過邱厚禮的武功，不敢說一定就勝過所有墨士，但也未必就弱於任何人。而邱厚禮在儒門十大名劍中排名靠後，如果排名靠前的肖敬天等人比他強一大截，那麼義門劍士只怕就未必能勝出。如果是一般的比武較技，輸了也沒什麼，但現在任天翔押上了整個義門，一旦比武落敗，義門從此就將唯儒門門主馬首是瞻，這樣的結果對八名墨士的壓力可想而知。

任天翔看透了他們的心思，胸有成竹地笑道：「放心，咱們輸不了！」

任天翔的自信感染了眾人，就見他們的神情漸漸寧靜下來，慢慢進入到臨戰前的狀態。

任天翔的目光在八名墨士臉上一一掃過，這一瞬間，他已經將八人的武功在心中篩選了一遍，然後與記憶中邱厚禮的劍法特徵進行比對，最後選出優勢最明顯的那個墨士，對他頷首道：

「雷兄，這第一陣由你出戰。你的鴛鴦刀正好可以克制邱厚禮的劍法，記住！只要發揮鴛鴦刀的正奇之變，避免與對方速戰速決，百招之後你必能獲勝！」

那墨士名叫雷漫天，使一對長短不同的鴛鴦刀，平時僅以一柄鴛刀對敵就已經罕逢敵手。聽到任天翔點將，他立刻長身而起，拱手拜道：「多謝鉅子信任，雷某定不辱使命！」

拔刀在手，雷漫天飛身躍上了高臺。

臺上眾人早已為二人讓出了地方，無垢大師被眾人推舉為評判，就聽他朗聲道：「在比武開始之前，請聽老衲一言。」

無垢大師作為釋門領袖，在百家論道盛會進行到現在，還是第一次公開發言，群雄立刻安靜下來，就聽無垢大師徐徐道：

「這比試為儒門和義門劍士之間的切磋印證，非生死相搏，老衲不希望看到有傷殘甚至生死。憑兩派高手的修為，要做到這點應該不難。因此老衲對比武附加一個勝負條件，如果出現傷殘甚至死亡，這一場便判死傷一方勝。」

此言一出，眾人不禁議論紛紛，剛開始都覺得這對強的一方不太公平，不過轉而又一想，如今薩滿教在一旁虎視眈眈，如果中原武林兩大門派高手先拼了個你死我活，這豈不是讓外人得益？因此，眾人對無垢大師的提議便都紛紛附和，不再有異議。

「那好！儒門、義門兩派比武正式開始，誰最終勝出，誰就是新的中原第一名門。」無垢大師終於高聲宣佈，拉開了百家論道大會以武爭勝的序幕。

現在臺上除了作為評判的無垢大師，以及負責阻止香燭提前燃盡的張果，其他人已撤到了臺下，將高臺留給了比武的二人。就見邱厚禮與雷漫天交代了幾句場面話後，立刻鬥在了一處。

與義門眾人緊張地盯著擂臺不同，任天翔不再看激鬥的二人一眼，只是低頭盤算著下一戰的對策。他知道如果不出意外，雷漫天百招後擊敗邱厚禮應該不是問題。但是在場八名儒門劍士中，他只見過邱厚禮、成浩仁、顧懷義三人的武功，還可根據他們的武功特點安排對手，但是其餘五人他卻是第一次見到，對他們的武功特點全然無解，要想百分之百地勝出，風險實在太大。

拿整個義門來冒險，這不是一個合格鉅子的作風，所以趁著雷漫天與邱厚禮激鬥正酣，任天翔悄悄在褚剛耳邊吩咐了幾句。褚剛很快找來紙墨筆硯，任天翔便開始伏案急書，全不理會臺上的惡鬥。

雷漫天與邱厚禮的比試不出任天翔預料，在第一百二十三招上，雷漫天以較短的鴦刀出奇制勝，挑斷了邱厚禮的腰帶，逼得他不得不低頭認輸。邱厚禮原本想搶著向新主子表現自己，沒想到弄巧成拙，灰頭土臉地敗下陣來，他不禁心虛地望向司馬瑜，就見新主子對他的落敗並不在意，卻在留意著相隔不遠的任天翔。

邱厚禮退下擂臺，儒門立刻有劍士站了出來。就見那是一個面目儒雅的文士，其貌不揚，氣勢不張，若非腰懸佩劍，旁人根本不會想到他是一名劍士。

此時任天翔已經寫完，見熊奇請戰最為急切，只得讓他出戰。臨戰前，任天翔對身壯如熊的熊奇道：「我沒見過此人出手，不知其武功深淺及特點，熊兄自己小心應付，勝敗俱不要放在心上。」

熊奇答應著跳上高臺，手執開山巨斧向那儒門劍士一指：「義門熊奇，敢問來者何人？」

那文士淡淡道：「儒門劍士習隨師。」

熊奇不再多問，口裏輕喝一聲「看斧」，開山斧已捲起一股烈風劈了下去。就見習隨師輕盈地從漫天斧影籠罩下脫身而出，幾乎是擦著熊奇的身體錯身而過，跟著回首出劍，已指向熊奇後心。

方才臺下群雄還在為義門劍士的武功驚訝，此刻又不禁為這一劍喝彩。就見習隨師一招之間就掌握了主動，逼得熊奇狼狽地左閃右躲，再發揮不出力大無窮的優勢。

這當兒任天翔已經將寫好的紙條折了起來，交給褚剛耳語了兩句。褚剛臉上雖有些疑惑，還是接過紙條悄然而去。此時眾人都在盯著高臺上的戰鬥，沒人留意褚剛，只有一個人例外。

「盯著他！」司馬瑜目示褚剛，對辛乙低聲吩咐道，「看看他將那張紙條送到哪裡。」

辛乙應聲而去，片刻後回來稟報道：「他將那張紙條給了儒門劍士顏忠君和袁佑親看過，最後又交給了肖敬天。」

司馬瑜眉頭微皺，略一沉吟後，對辛乙低聲道：「讓人告訴孔宗主，下面兩場暫不讓這三人出戰，再想法將肖敬天手中那封信弄過來。」

辛乙點點頭，對一名孔府弟子低聲吩咐了幾句。那孔府弟子立刻來到孔傳宗身後，將辛乙的話轉告了他。孔傳宗點點頭，此時，臺上習隨師已經獲勝，孔傳宗便示意讓排在習隨師之後的成浩仁出戰。

成浩仁的武功任天翔有幸見過，他立刻就知道誰是這「水勁」高手的剋星，他對一個木訥寡言的墨士低聲道：「木兄，這一戰拜託你了。」

那墨士名叫木之舟，使一柄平平無奇的朴刀，聽到吩咐立刻應聲而起，慢慢上得高臺。手執朴刀對成浩仁拱手一禮，二人相互通報名號後，立刻鬥在了一處。

這一戰果然不出任天翔預料，木之舟的刀法未必比杜剛強，但卻偏偏能克制成浩仁的水勁。就像當初杜剛在成浩仁面前幾乎沒有還手之力一般，成浩仁如今在木之舟平凡無奇的朴刀面前，也是左支右絀，漸漸陷入苦戰。不到百招之上，便被木之舟逼下高臺，無奈認輸。

第四戰孔傳宗依照辛乙吩咐，派出了顧懷義，任天翔這邊則派出了任俠。

這時，有孔府弟子將任天翔送給肖敬天的紙條找藉口要了過來，然後輾轉送到司馬瑜手中。司馬瑜匆忙展開一看，就見紙條上沒有一個字，只以潦草的筆墨畫了個大大的笑臉，雖然筆劃簡單，卻也明顯能看出是個嘲笑。

司馬瑜面色微變，一把將紙條撕成粉碎，冷著臉對辛乙道：「接下來讓顏忠君、袁佑親出戰，等對手先站出來，再派出咱們的人。」

辛乙心中有些奇怪，不過還是按照吩咐，將司馬瑜的意思通知了孔傳宗。

接下來的兩場，顏忠君與袁佑親果然沒有讓司馬瑜失望，分別戰勝了義門的劍士楊清風和郝嘯林，加上方才顧懷義敗給任俠那一場，雙方戰成了三比三平。誰要想最終勝出，都必須連贏兩場才行。

司馬瑜在審時度勢之後，正待讓孔傳宗派出儒門實力最強的肖敬天，卻聽辛乙低聲道：「那小子又給肖敬天送去了一張紙條。」

司馬瑜冷笑道：「還在玩這種小孩子的把戲，不管他，讓肖敬天出戰。」

肖敬天乃公認的儒門第一高手，他的出場引起了臺下群雄的齊聲歡呼。義門中剩下的兩名墨士杜剛和寧致遠皆緊張起來，二人爭相請戰，都想會一會這儒門第一高手。誰知任天翔卻輕鬆地道：「這一戰的勝敗與武功關係不大，你們誰出戰都一樣。就由致遠上吧，他正好也是用劍，可以與肖敬天好好切磋切磋。」

寧致遠的武功在八名墨士中相對要弱一點，而且正好又是用劍，在肖敬天這樣的劍術大師面前，肯定是必敗無疑。如果義門輸掉這一場，那麼就再沒有機會力壓儒門，奪得天下第一名門的稱號。

眾人對任天翔的決定都有些不解，誰知他卻笑道：「雖然我不敢肯定這一戰的結果，但是卻知道致遠不是沒有機會，這個機會甚至大過五成。不信，誰跟我賭上一賭？」

沒有人跟任天翔打賭，因為臺上二人已經戰在了一處。就見肖敬天的劍勢猶如滔滔黃河，奔湧不息無可阻擋，寧致遠左支右絀一退再退，眼看就要被逼下高臺，誰知這時肖敬天卻突然收劍，對負責評判的無垢大師道：「我輸了！」

此言一出，臺下群雄盡皆譁然，任誰都看得出來，肖敬天是在占盡優勢的情況下突然收劍認輸，令人實在有些莫名其妙。

眾人只得將目光轉向無垢大師，就見這釋門高僧合什嘆道：「善哉善哉，肖先生不輸而輸，實乃深明大義之舉，令老衲佩服！」

眾人聽到這話，更加莫名其妙，紛紛哄鬧起來。就見肖敬天收起長劍，對臺下紛紛質疑的群雄朗聲道：「我輸了，這個結果確鑿無疑！」說完跳下擂臺，再不解釋。

寧致遠在臺上愣了好半晌，才茫然地收起長劍，一言不發跳下高臺。看他那表情，似乎他才是落敗者一般。

「怎麼會這樣？」辛乙十分意外，喃喃自語道，「肖敬天怎能置自己和儒門的名望於不顧，公然向那小子放水認輸？」

司馬瑜臉色冷定，淡淡道：「因為那小子第二封信發揮作用了，第一封信是迷惑我的幌子，這第二封信才是他真正的企圖。看來他進步了，不再像原來那樣簡單。」

「那是封什麼信？」辛乙疑惑道，「竟能令肖敬天背叛儒門？」

司馬瑜搖頭道：「他背叛的不是儒門，而是孔傳宗。他在跟那小子做交易，接下來這最後一仗，那小子也會放水，最終雙方戰成四比四平，不分勝負。」

辛乙將信將疑道：「這樣做對他們有什麼好處？」

「對他們沒什麼好處，對我卻有最大的壞處。」司馬瑜恨恨道，「這樣一來，誰也做不成天下第一名門，孔傳宗也就做不成武林盟主。即使中原武林最終結盟，也將由儒門和義門共同來領導，誰也無法獨攬大權。」

說到這，司馬瑜一聲冷笑，「不過這只是他們的如意算盤，如果連這一步都沒有預料到，我就不配做千門世家的傳人！」

看到司馬瑜唇邊那自負的微笑，辛乙放下心來，他知道面對任何糟糕情況，司馬瑜都必有一套完善的應對之策。就像是最高明的棋手，對棋枰上每一步變化都算無遺策，無論對手如何出招，他都能從容應對。

最後那一仗證實了司馬瑜的預料，義門最後一名劍士杜剛，敗在了儒門排名最低的劍士李有信劍下。這一戰看起來雖然不像上一場那樣明顯，但還是引起了群雄的質疑和詰問。因為李有信是儒門十大名劍中最弱的一個，而杜剛在義門劍士中，顯然是屬於排名靠前的一位，完全不像是會輸的樣子。

最終結果，儒門和義門戰平，誰也做不成天下第一名門，總不能改稱為天下兩大名門吧？對這樣的結果，雙方弟子雖然都有不滿，但也只能無奈接受，因為那炷香即便在張果內力呵護下，已是即將燃完，雙方已沒有時間再繼續比下去。

「我宣布，以後再沒有什麼天下第一名門。每一個門派俱是諸子百家或中華武林中平凡的一員，任何一個門派都不該享有至高無上的特權。」

任天翔適時登臺高呼，引來群雄陣陣喝彩。有實力競爭天下第一名門的畢竟是少數，因此大多數人對任天翔這個宣言都表示歡迎。

「也許我們不必為任何人結盟，向任何人宣誓效忠，」任天翔繼續道，「但是我們必須為我們的家國，為我們的親人、鄉鄰和朋友結盟。因為他們正在遭受戰爭的蹂躪，正在遭到來自北方蠻族的摧殘。我們應該聯合起來，拿起武器，反抗一切強加於我們身上的暴行，無論這暴行是來自異族，還是來自同宗同源的同胞。每一個在暴行面前不願屈服的勇士，請端起你們的烈酒，讓我們一起向上蒼、向天下人莊嚴宣告，一切塗炭生靈的戰爭和暴行，都是我們共同的敵人，為了反抗這個敵人，我們結成聯盟，共同對抗人世間一切暴行！」

「好！」群雄紛紛舉起酒碗，齊聲高呼。比起孔傳宗結盟的宗旨，任天翔的宣言無疑更能得到人們的擁護。

就在這萬眾歡呼、群雄踴躍之際，突聽有人朗聲道：「等等！」

眾人循聲望去，才發現是儒門劍士之一的邱厚禮。

就見他以無比凝重的聲音沉聲道：「中原各派在任門主提議下結盟沒有問題，但是在結盟之前，是不是應該先解決一件事？」

「什麼事？」眾人紛紛問。

「就是本門門主冷浩峰被人刺殺之事。」邱厚禮冷冷地盯著任天翔，突然抬手指向義門眾劍士，「我曾有幸見識過刺殺冷門主那些刺客的武功，雖然明顯屬於中原武林一脈，但邱某卻從未見過，因此不敢妄加推測。但是方才在見識過義門眾高手的武功後，我終於可以肯定，那就是刺殺冷門主那些刺客的武功！」

此言一出，群雄譁然，場面一度失控。

面對無數人的詰難和質疑，邱厚禮朗聲道：

「大家想一想，要是冷門主沒有遇刺，誰有實力與儒門爭奪天下第一名門的稱號？誰又敢在這次盛會上，公然向儒門發起挑戰？義門的前身乃是墨門，千年前便視咱們儒門為最大的對手，只因不得人心而被世人拋棄。沒想到如今它又想趁這天下大亂之際重新崛起，想通過打擊咱們儒門而一步登天，成為中原武林新的領袖，重現墨門千年前的風光。」

聽到這話，群雄不禁靜了下來，雖然邱厚禮的指責有些牽強，但在旁人想來，卻也不是沒這種可能。尤其是義門在沉寂千年之後，突然站出來與儒門爭鋒，這之前儒門掌門又被人刺殺，中原各大門派既有這實力又有這動機的，無疑只有義門，而義門與儒門的比試也變相地佐證了這一點。

面對臺下數千雙質疑的目光，任天翔心在下沉。司馬瑜終於出手了，他早就安排讓義門做替罪羊，可嘆自己卻偏偏按照他的預料跳出來，公開與儒門爭奪天下第一名門的稱號，這簡直就是一絲不差地按照司馬瑜的計畫在行動，默契得就像是他的同夥一般。

「在刺殺的現場，我還撿到了這樣一件東西。」邱厚禮說著，從懷中拿出一物，高高舉過頭頂，「這是一塊刻有『義』字的玉佩，剛開始我一直不知這是什麼東西，現在終於明白了。」

玉佩在群雄手中傳遞，眾人爭相查看，越發相信了邱厚禮的指認。

其實義門中人從未用這樣的玉佩作為信物，但是倉促之間，群雄又怎能分辨真偽？義門眾人這下就算眾口百辯，也無法打消群雄的懷疑。有人已在鼓噪起來，要為冷浩峰討還公道！

「諸位英雄請留意。」無垢大師適時開口，聲音不大，卻將場中亂哄哄的聲音盡皆壓了下去，「這炷香即將燃完，如果再選不出與薩滿教論道的人選，只怕以後咱們中原武林同仁，在薩滿教面前再也抬不起頭來！」

張果此時也收回了手，抹著額上汗水道：「你們已經打完，這香老道也不管了！」那香燭失去了張果內力壓制，一下子亮了許多，但是只剩下最後米粒大一點，隨時有可能熄滅。這時，就聽有人高聲提議道：「儒門冷門主的事咱們往後再說，現在還是趕緊推舉出代表中原武林的門派要緊。」

這提議得到了大多數人的附和，不過對哪派代表中原武林，卻是難有定論。

就聽無垢大師朗聲道：「儒門原為中原第一名門，原本有資格代表中原武林，但在方才卻被挑戰者義門逼成了平手。咱們暫時拋開冷門主被刺殺這一關節，就由儒門與義門共同代表中原武林，與薩滿教論道吧。」

群雄對這提議雖有不滿，但是眼看那炷香就要熄滅，而義門眾劍士的武功大家方才親眼見過，至少與儒門劍士不相伯仲。就算他們是刺殺冷浩峰的凶手，卻也是中原武林一脈，所以人們對無垢大師的提議也就不再有異議，紛紛表示贊同。

「一炷香已經燃完，難道眾位英雄還沒有選出可代表整個中原武林，與本教論道的對手嗎？」安秀貞的聲音遠遠傳來，語音中滿是不屑。

眾人正不知如何應對，就聽任天翔已朗聲問道：「不知貴教想如何論道？」

安秀貞猶豫了一下，湊到巨犛幔帳前垂耳聆聽了片刻，這才朗朗答道：

「蓬山老母說了，既然是以武會友，驗證誰才是天下第一名門，那就該以南北武林實力最強的兩派對決才算公平。咱們蓬山一脈，乃薩滿諸教中當仁不讓的第一名門，自然是要與中原武林第一名門坐而論道。如果中原武林無法推選出實力最強的一個門派為代表，那就乾脆一起上好了。反正中原武林不要臉慣了，咱們就多對付幾個門派也沒關係。」

此言一出，群雄再次譁然，明知薩滿教是見中原武林最終沒能選出一個門派為代表，因而故意擠兌，群雄卻也無可奈何，總不能大家一哄而上，全然不顧江湖規矩吧。就是讓儒門、義門同為中原武林代表出戰，也是有些理虧了。

就在這時，突聽任天翔朗聲道：「薩滿教的人聽著，既然你們來了中原，便得依咱們中原的規矩吧？要參加百家論道，自然也得依著咱們百家論道大會的規矩。」

安秀貞朗聲問：「不知你們是什麼規矩？」

任天翔嘻嘻笑道：「百家論道，原是諸子百家的傳人相互切磋印證各家所學，同時祭拜創教始祖的盛會。每一名前來參與盛會的百家弟子或江湖豪傑，俱先要敬拜創教先祖，而且是要三拜九叩，一點馬虎不得。薩滿教既然自認是百家之一，那麼就先去殿前祭拜過天地和百家祖師，再來談論道的事吧。」

安秀貞呆了一呆，大概沒想到任天翔會提出這樣的條件，她斥道：「胡扯！咱們薩滿教弟子就算要拜，也只拜薩滿教的前輩先師，跟你中原諸子百家有什麼關係？」

「原來薩滿教跟中原諸子百家沒關係啊！」任天翔笑道，「既然如此，你們若作為客人前來觀禮，咱們自然歡迎之至。不過，你們若想與咱們坐而論道，就得將咱們諸子百家當成一個整體。既然今日咱們中原百家結盟，自然就成了一個門派。你不能讓咱們自己內部先拼出個高低，再跟你們論道。就如我不能叫你們薩滿教先比出誰高誰低，再與咱們論道一樣。」

安秀貞沒想到任天翔如此難纏，一時沒了詞，只得轉身向巨輦中的蓬山老母請示。

任天翔趁這當兒，舉起酒碗對群雄高呼：

「咱們諸子百家傳人，以及中原武林各派，在外敵面前就是一個整體，都是我華夏一脈，誰也不能將咱們割裂開來。咱們內部的矛盾爭執，可以在咱們內部解決，但是一旦有外敵入侵，咱們應該團結一致，聯合對外。大家若回應我的倡議，便喝了這碗血酒，從此咱們便都是華夏門人！」

眾人紛紛叫好，先後舉起酒碗，與任天翔一起暢飲血酒。

有人高聲問道：「既然大家都是華夏門人，那麼究竟以誰為盟主？聽誰號令？」

任天翔答道：「這個問題咱們可以推後再來考慮，現在外敵當前，只要是我華夏門人，便都該一心對外。我提議由儒、釋、道、商、義等各大門派，各推舉一人作為咱們華夏門代表，接受薩滿教挑戰。待咱們擊退強敵，回頭再來處理內部事務不遲。」

「你是殺害咱們冷門主的幕後主使，我們憑什麼要聽你的？」邱厚禮終於找到機會，不禁高呼質問。

任天翔坦然道：「現在薩滿教在對面搭臺挑戰整個中原武林，咱們還有什麼內部矛盾不能暫時放下？待咱們擊退外敵，我任天翔和義門弟子，願接受各位掌門的聯合調查和審訊，若證實咱們義門真是殺害冷門主的凶手，我任天翔第一個在冷門主靈前引頸就戮！」

這幾句話說得義正詞嚴，引來群雄陣陣叫好。邱厚禮武功雖高，奈何辯才急智跟任天翔根本不是一個級別，而儒門另一個重要人物孔傳宗，卻又是被要脅而來，關鍵時刻一言不發，因此讓任天翔完全搶去了風頭。

趁著群雄回應的機會，任天翔又高聲道：

「我提議咱們華夏門，先推舉儒門肖敬天、釋門無垢大師、道門張果道長、商門鄭大公子，以及我義門墨士杜剛，作為首批接受薩滿教挑戰的對手。如果薩滿教覺得五個人還不夠，那麼其他門派就繼續推舉各自派中高手出戰，想我華夏門人才濟濟，大小派系成百上千，再推舉百十個高手出來也應該沒問題。」

「好極！好極！」任天翔話音剛落，張果率先歡呼起來，「老道早就想找回當年在蓬山的場子，幾十年不見，也不知那老巫婆有沒有點長進？」

眾人哄堂大笑，紛紛鼓掌叫好。任天翔提議這五個人，既有享譽多年的一派高手如無垢大師和肖敬天，又有新崛起的武林新銳如鄭大公子和杜剛，這張果大家雖然不熟悉，但看他方才從薩滿教高臺上搶回香爐的身手，以及憑阻止香燭燃燒的內力，顯然武功已臻化境。這幾個人幾乎人人都是頂尖的角色，由他們代表華夏門接受薩滿教挑戰，結果幾乎就沒有懸念，大家對這樣的提議當然不會有意見。

「原來中原武林，都是這般無恥之輩！」遠處響起了安秀貞不屑的聲音，依舊悅耳如鈴，「原來你們面對挑戰，就只會倚多為勝。」

「你錯了，我們派出的人不會比你們多一個。」任天翔笑道，「你不是笑話咱們中原武林是一盤散沙嗎，現在咱們是一個整體，每一個人都是華夏門弟子。正如你薩滿教，無論是東薩滿、南薩滿、北薩滿還是西薩滿，在咱們眼裏都是薩滿教弟子一樣。你們遠來是客，無論想如何論道，咱們華夏門無不接受挑戰。」

眾人紛紛鼓掌叫好，氣氛極其熱烈。

司馬瑜原本是想以薩滿教逼中原武林結盟，推舉孔傳宗為盟主，沒想到任天翔和他率領的義門橫空出世，先是阻止了儒門成為天下第一名門，接著又完全搶去了孔傳宗的風頭，竟喧賓奪主代他發號施令起來。

中原武林雖然按司馬瑜的計畫最終成功結盟，但結果卻跟他沒多大關係，在這個全新的華夏門中，任天翔竟然成了主角。這讓辛乙等人十分不甘，幾次想要出頭，卻都被司馬瑜阻止。就見他神情依舊平靜如常，似乎還在耐心地等待。就像城府最深的棋手，不到決勝時刻，決不露出一絲崢嶸。

第五章 雙魔

話音剛落，一個骨瘦如柴的黑衣老者自薩滿弟子中越眾而出。手執骷髏藤杖來到蒙巨身後，就見二人一胖一瘦，一黑一白，身形雖然迥異，但渾身散發出的煞氣，卻是幾無二致。

「日月雙魔！」有人認出了二人來歷，不禁小聲驚呼。

任天翔話音剛落，群雄爭相向薩滿教搦戰，紛紛起鬨道：「派人站出來啊，無論你們是什麼薩滿或別的什麼邪教，咱們華夏門無不應戰！」

「放肆！」薩滿教終於有人按捺不住，一聲怒吼越眾而出，就見他身材不算高大，卻體肥如象，滿身橫肉，隨便一聲怒吼，就震得附近的人兩耳發蒙，嗡嗡作響。

就聽他對中原群雄傲然道，「我蒙巨就來會會諸子百家的傳人和中原武林豪傑，但願你們不會令我失望。」

有中原豪傑見他身形奇異，不禁取笑道：「閣下應該在過年的時候來，這個時候來實在太早了一點。」

「為什麼？」

「因為咱們中原風俗，只在過年的時候才殺豬，現在實在不是殺豬的時候。」

眾人哄堂大笑，紛紛為同伴的俏皮話鼓掌叫好。笑聲剛起，就見蒙巨一聲怒吼，身形一團，猶如一個肉球向方才取笑他的人滾去。

那人也算見機得快，急忙避入人群。誰知蒙巨猶如一團肉流星追蹤而至，幾名來不及避讓的中原豪傑被他一撞，猶如被奔馳的馬車所撞，身體一下子便飛了出去。

先前那說俏皮話的豪傑最終被蒙巨追上，眼看逃脫不開，急忙拔刀往蒙巨斬去。就見那團飛速轉動的肉球一下子停了下來，刀斬在他的手上，卻不得寸進，卻是被蒙巨以手抓住了刀刃。

那漢子正自驚詫，已被蒙巨拎著脖了提離了地面，就見他的臉幾乎貼在那漢子的臉上，笑咪咪地問：「你方才說的是什麼？麻煩再說一遍。」

那漢子嚇得渾身哆嗦，不敢再開口。就見蒙巨慢慢勒緊了他的脖子，臉上卻始終保持著笑咪咪的神色。那漢子滿臉脹得通紅，舌頭也不由自主地吐了出來。

就聽蒙巨嘿嘿笑道：

「你若自己咬斷舌頭，我就饒你一命，不然……」他的手上又加了幾分力道，那漢子臉色漸漸由紅轉紫，眼看就不能活了。

「快放了我兄弟！」終於有人忍不住出手相救，誰知刀劈在蒙巨身上，卻如同砍在最滑膩的泥鰍身上一般，不由自主往一旁滑了開去。又有幾人也出手相救，卻見蒙巨偌大的身形，在人叢中卻如泥鰍般油滑，東一扭西一讓，竟將所有攻向他的兵刃盡數避開。

即便面對中原無數好手的進攻，他依舊抓著手中的漢子不放，還好整以暇地傲然道：

「我蒙巨要殺的人，誰能救得了？」

就在這時，突聽場中傳來一個渾厚淡泊的聲音：「善哉善哉！這人雖然言語刻薄，冒犯了蒙施主，但也罪不至死，老衲還請蒙施主高抬貴手，放過他吧！」

隨著這一聲佛號，無垢大師已追著蒙巨偌大的身體拍出了數掌，基本是一句話一掌。拍出第一掌時，他還在十丈之外，到最後一掌卻已經逼近到蒙巨面前。

這每一掌看起來都十分悠閒和緩，蒙巨卻偏偏避讓不開，只得舉掌相迎。他剛開始還是以單掌相迎，但到第三掌之時，便不得已放開手中那漢子，雙掌平推以全力相抗。他感覺無垢信手拍出的掌勢，猶如大海的波濤一浪高過一浪，前浪未平後浪又起，首尾相接連綿不絕。蒙巨腳下的青磚在碎裂塌陷，他的身子雖然還站在原地，身形卻已經開始搖晃，滿身肥肉都在顫動，猶如風暴中被隨風搖曳的巨樹。

在又一個力逾千斤的浪頭重壓下，蒙巨雙膝一軟差點跪倒，就在這時，身上的壓力卻突然消失，他渾身一鬆，身不由己，往前一個踉蹌才站穩。

就見對面無垢大師已在合十拜道：「多謝蒙施主手下留情，饒了這口沒遮攔的朋友一命。」

蒙巨臉上閃過一絲尷尬，聽無垢這語氣，好像是他主動放下那漢子一般。不過他對無垢大師的好意並不領情，盯著無垢嘿嘿喝道：「好禿驢！內力不弱，本師正好領教。」

群雄連忙往四周讓開，為二人讓出一片空地。就見方才蒙巨衝入人群中這一鬧，已經多人傷在他肥碩的身體撞擊之下，有的人身負內傷，有的人甚至肋骨斷裂，生命垂危。江湖群雄沒想到這身材奇異的胖子功力如此強橫，沒人再敢取笑，更不敢再有不敬之詞。

「蒙師叔！千萬別中了敵人的激將法！」身後傳來安秀貞的高呼。

蒙巨嘿嘿笑道：「反正遲早要打，遲打不如早打。師弟，為我掠陣，咱們師兄弟便會會中原武林英雄！」

話音剛落，就見一個骨瘦如柴的黑衣老者，自薩滿弟子中越眾而出。手執骷髏藤杖來到蒙巨身後，就見二人一胖一瘦，一黑一白，身形雖然迥異，但渾身散發出的煞氣，卻是幾無二致。

「日月雙魔！」有人認出了二人來歷，不禁小聲驚呼。

中原武林群雄雖然大多是第一次見到這二人，但也早就聽說過這薩滿教兩大殺神的凶名，不由暗自變色。

就聽蒙巨嘿嘿笑道：「咱們師兄弟耳聞中原各大名門正派的威名，早就想要一一上門領教，今日恰逢其會，便讓咱們師兄弟一遂心願吧！」

蒙巨說著緩緩指向對面的無垢，冷冷道：「你算一個，不知還有誰願代表中原武林站出來，為你掠陣？」

群雄面面相覷，一時無人應對。他們都將目光轉向身後高臺上的任天翔，因為這已經不是個人的爭強好勝，而是關係到新成立的華夏門的顏面，也關係到整個中原武林的聲望。雖然大家有同仇敵愾之心，卻也知道自己的武功跟薩滿教日月雙魔比起來，實在差得太遠。所以人們望向任天翔，他們已經將任天翔看成是在場群雄的代言人。

任天翔略一斟酌，便轉向張果道：「前輩是道門名宿，武功與道門第一人司馬承禎不相伯仲，不知可願代表華夏門，為無垢大師掠陣？」

能夠在這樣一個場合代表中原武林出戰，這是一種莫大的榮譽和信任，群雄只當這武功奇高的老道一定會一力應承，不少人已經開始鼓掌叫好起來，誰知張果卻連連搖頭道：「小小日月雙鬼，怎值得老道出手，再說，無垢老兒還欠我一架，要老道為他掠陣，想也別想。老道的對手是坐在對面裝神弄鬼的老巫婆，其他人沒資格。」

群雄雖然失望，卻也無可奈何，任天翔聽張果這樣說，只得將目光轉向一旁的孔傳宗道：「儒門劍士肖敬天，乃中原武林人人敬仰的英雄，不知可否請他出戰，為無垢大師掠陣？」

孔傳宗還在遲疑，就見肖敬天已越眾而出，對孔傳宗昂然道：「在下願意，請孔門主恩准！」

肖敬天的武功在中原武林有口皆碑，群雄見孔傳宗還在遲疑，已紛紛高呼道：「請孔門主准許肖大俠出戰，為中原武林滅此凶頑！」

眾人呼聲一浪高過一浪，孔傳宗只得點頭答應。肖敬天得到准許，拱手對孔傳宗和任天翔一拜，轉身來到無垢身後，對無垢大師拜道：「大師放心對敵，肖某為你掠陣。」

無垢大師頷首笑道：「多謝肖施主。」

兩軍交戰，若雙方主將單挑，必令最信任的副將掠陣，其作用是監視對方兵將，以防敵方偷襲，同時也擔負保護和接應主將的重任。這種形式通常罕見於江湖中的決鬥，如今蒙亘要蒼魅為自己掠陣向無垢挑戰，顯然是將這場決鬥，當成了正式的兩軍交戰了。

群雄自覺地將兩座高臺中央的空地讓了出來，就見兩座遙遙相對的高臺中央，四大高手相對而立，雖然人數寥寥，卻有千軍萬馬般的肅殺和威嚴。

蒙亘踏上兩步，傲然道：「聽說中原武林各派，以儒門、釋門為首，蒙亘今日能一一驗證一下你們的成色，看看是否浪得虛名？」

無垢合十道：「善哉善哉，出家人本不該爭強好勝，但蒙施主和貴教也實在逼人太甚，老衲只好勉為其難，代表中原武林的一份子接受挑戰。蒙施主遠來是客，你先請！」

「好！看掌！」蒙亘也不客氣，遙遙一掌拍出，他原本還在十丈之外，隨著這雙掌連環拍出，他也追著掌勢撲過來。就見這一掌接一掌地疊加，到最後力道已放大十倍不止。這雙掌連環相疊的手法，與無垢方才逼他放人的手法有異曲同工之妙，他竟要以無垢的招數找回方才的場子。

無垢自掌風拂面之時就開始後退，同時以雙掌連環相迎，但見他身形急退十餘步，待蒙巨掌勢再而衰、三而竭之時，這才突然奮力反擊，終將蒙巨驚天動地的一連串掌勢逼了回去。

二人俱是內力深厚之輩，就見場中傳出一聲悶雷般的震動，激蕩的力道四下飛攛，不僅震碎了地面三寸厚的青石板，也激起了漫天塵土。塵土籠罩了無垢與蒙巨的身形，四周觀戰的群雄只看到塵土中央有掌勢激蕩，卻完全看不清交手雙方的身形。

任天翔也看不清塵土中忽隱忽現的人影，但是當他全神貫注於戰場之時，便能清晰看到二人掌勢的走向和強弱，以及那激盪的颶風中不同的暗流縱橫。

就在眾人都心情緊張憂心忡忡之際，他已漸漸放下心來。他看出蒙巨雖然內力強橫，堪稱世所罕見，但無垢卻如無邊的大海，讓人根本無從看到它的深淺。任由蒙巨的掌勢如何縱橫捭闔，無垢始終保持著行雲流水般的從容氣度，不慍不火，不急不躁。看到這裏，任天翔可以肯定，以無垢大師博大精深的修為，蒙巨幾乎沒有任何勝出的希望。

為蒙巨掠陣的蒼魅很快也看出了這點，就見他對對面的肖敬天突然道：「看他們打得熱鬧，老夫也不禁手癢，不知閣下可願陪老夫玩玩？」

肖敬天沉聲道：「願意奉陪！」

「好！不愧是儒門第一劍士！看杖！」蒼魅一聲輕喝，身形如鬼魅般撲出，人未至，骷髏杖已直指肖敬天面門。

肖敬天拔劍在手，不等蒼魅力量滿盈，長劍以迻刺而出，剛好迎上砸到的骷髏頭。就見場中閃過幾粒火星，二人身形都是一滯，跟著又糾纏在一起，但見骷髏杖與劍鋒圍著二人身形在不斷閃爍，綿密的碰擊聲猶如疾風驟雨。

任天翔關注片刻，便知肖敬天與蒼魅武功相差極微，短時間內難分勝負。他依舊將注意力大半放到無垢大師和蒙巨身上，此時二人已到關鍵時刻，但見激蕩的掌勢中，蒙巨身形開始滯澀起來，不復先前的勇猛霸道，而無垢卻依然保持著剛開始的從容不迫。

群雄中有許多人也看出無垢開始佔據上風，不禁紛紛鼓掌叫好。

就在這時，突見蒼魅與肖敬天闖入了無垢與蒙巨的掌勢範圍，兩對原本互不相涉的對手，突然間陷入了混戰之中。但見蒙巨與蒼魅配合默契，蒼魅先替蒙巨接下了無垢的掌勢，而蒙巨則替蒼魅擋住了肖敬天的進攻。二人像是心靈相通一般，聯手對敵完全得心應手，猶如四手四腳的一個人。反觀無垢和肖敬天，不僅相互間毫無默契，甚至反而互相妨礙，必須分心防備被同伴誤傷。如此一來，強弱之勢頓時逆轉，二人同時陷入了苦戰。

「不好！」任天翔不禁失聲輕呼，「這樣戰下去，無垢大師與肖敬天必敗無疑！」

「你怎麼長他人志氣，滅自己威風？」與任天翔同在臺上觀戰的邱厚禮，冷笑著質問道，「你這不是瞧不起咱們儒門劍士和無垢大師麼？」

任天翔無心理會邱厚禮的質問，雙目炯炯地盯著戰場中的形勢，心中苦思對策。

但見這蒙巨、蒼魅二人，單打獨鬥未必是無垢、肖敬天的對手，但這一聯手，實力何止增強一倍？反觀無垢與肖敬天，由於從沒有在一起聯手對敵的經驗，相互間沒有默契也就罷了，卻還相互干擾影響，實力不僅沒有增強，反而彼此削弱，比單獨對抗日月雙魔強不了多少。

看到這裏任天翔才明白，蒙巨雖然在無垢面前一個照面就差點丟醜，但依然敢向無垢挑戰，原來他有個配合默契的師弟，二人這一聯手，只怕天下再難找出與他們功力相近、又配合得如此默契的兩個高手，難怪二人如此狂傲和自負，竟敢同時向中原武林實力最強的兩大門派最頂尖的高手發起挑戰。

「必須先將雙魔分開！」任天翔全神貫注地盯著場中的局勢，憂心忡忡地自語道，

「必須讓他們相互間失去照應，方可各個擊破！」

「公子可有良策？」杜剛等人已看出無垢和肖敬天的危險，不禁焦急地問道。

由於激鬥正烈，群雄被逼得無法靠近，便紛紛登上四周的高處觀戰，所以高臺也擠了不少人。義門眾人怕任天翔有失，也都擠到臺上，蜂擁到了他的周圍。

任天翔在心中演繹了無數種破敵之策，最後終於吐出一個詞：「遠攻！」

「遠攻？」義安堂眾人俱有些不解。

就聽任天翔解釋道：「日月雙魔雖然配合默契，但畢竟兩個人不如一個人靈活，只要退出他們的攻擊範圍之外，然後借助外物進行遠攻，他們就只有兩條路可走。一是分頭迎敵，二是被動挨打。不管他們如何選擇，也都必敗無疑。」

義安堂眾人很快就明白了任天翔的戰略意圖，雷漫天立刻以渾厚的內力將聲音送過去，大聲將任天翔的破敵之策告訴了無垢和肖敬天。

二人雖然都是一派宗師，原本不屑於用這等討巧的辦法，奈何以二人如此高明的武功，在日月雙魔聯手攻擊之下，漸漸就只有招架之功。二人心知這一戰關係著中原武林的顏面，不容有任何閃失，因此不得已照著任天翔的辦法，開始向兩個方向退開，不再與日月雙魔正面相抗。

肖敬天退到兩丈之外，以劍挑起地上碎裂的青石板，將之作為遠距離攻擊武器，不斷向日月雙魔攻擊。而無垢則在場中四下游鬥，不與讓日月雙魔近身。日月雙魔若想聯手對付無垢或肖敬天，卻無法兩個人同時追上無垢或肖敬天，而單獨一個人，無論是面對肖敬天還是無垢，都占不到絲毫便宜。

無垢與肖敬天照任天翔指點的策略，漸漸將局勢慢慢扳了過來。但見日月雙魔在兩大高手一遠一近的攻擊之下，漸漸陷入了苦戰。二人無論連袂撲向何人，對手都後退躲閃，不與他們糾纏，而岱廟內場地足夠之大，二人要想同時追上對手，實在難如登天。

眼看這樣鬥下去，二人必敗無疑，蒙亘立刻向蒼魅做了個手勢。蒼魅心領神會，立刻撲向無垢，而蒙亘則衝向肖敬天。二人雖然再次分別對敵，但這次內力更強的蒙亘主動撲向肖敬天，而武功稍弱、不過步伐身形更為靈活的蒼魅，則主動襲擊無垢。如此一來，二人的特點能得到最大限度的發揮，無疑是極為正確的策略。

蒙亘雖然赤手空拳，但內力之強已達絕頂之境。面對儒門第一高手，竟然絲毫不落下風。而蒼魅武功雖不及無垢，但仗著身形步伐比無垢靈活，加上他一旦遇險就往蒙亘所在的位置退去，無垢為防他與蒙亘再度聯手，只得放緩攻勢，如此一來短時間內，無垢也勝不了蒼魅。

但見四人在偌大的廣場中央，或進或退或分或合，激鬥多時依然勝負難分。任天翔全神貫注看得多時，漸漸把握到四人武功的特點和強弱所在，尤其對於蒼魅，他更清楚對方膽小如鼠、出手總留三分力的特點，所以每當交戰雙方靠近高臺，他便依據雙方的特點出言指點。

剛開始無垢和肖敬天對他的指點並沒有放在心上，但兩三次後，二人就意識到任天翔指點之精妙，所指之處皆是對手弱點所在，甚至還留有提前量，以便讓二人有時間照他的指點出招。

「坤位！劈刺！」任天翔所指的位置，是按中原武林幾乎人人皆知的八卦方位，肖敬天立刻依方位出招。

蒙亘雖然也聽到任天翔的指點，但卻對八卦方位一無所知，頓時被肖敬天刺在空門。雖勉強避開要害，但肥碩的身軀上第一次出現了一道血痕。

蒙亘在漠北稱雄多年，已經有十多年未曾受過傷，頓時暴怒異常。他丟下肖敬天，飛身直撲臺上指點的任天翔，嘴裏喝道：「老夫先宰了你這多嘴的小子！」

「放肆！」杜剛凌空躍起，迎上了蒙亘偌大的身軀。

半空中，他已雙掌連環斬出，以唐手中最霸道的招數連擊十餘掌。蒙亘沒料到任天翔身邊有這等高手，連忙出手相迎，二人在空中連對了十餘掌。杜剛雖未能擊中其要害，卻也將蒙巨生生擋在了高臺之下。

蒙巨雙腳尚未落地，肖敬天的劍鋒已跟蹤而至，穩穩抵在了他的後心。雖然他練有近似於鐵布衫的橫練功夫，不懼尋常刀劍，但也不是就刀槍不入，何況現在劍是握在肖敬天手中。雖然劍鋒尚未入肉，但凜冽的劍氣已經刺傷了他的心脈。

他不敢妄動，只嘿嘿冷笑道：「原來這就是中原武林豪傑，除了陰謀詭計就是倚多為勝，老夫總算領教。」

杜剛喝道：「若非你突然襲擊任公子，杜某怎會出手？咱們真要倚多為勝，早已經將你擊斃當場！」

蒙巨面對眾人斥責，冷笑著沒有再看口，眼裏滿是不屑。

任天翔見狀笑道：「雖然你是因襲擊我才落敗，但為了讓你心服口服，這一局便算和局，不知肖前輩有無意見？」

肖敬天也是磊落男兒，心知若非有任天翔指點，自己與蒙巨未必會這麼快就分出勝負，若靠外人指點才能贏，以他的驕傲自然無法接受這樣的勝利。見任天翔這樣說，他立刻收起劍道：「好！這一局算和。」

蒙巨沒想到自己性命在對方掌握之下，對方竟收劍認和，這讓他既意外又驚訝。要換了自己，定是先殺對手而後快。他回頭望向肖敬天，見對方不是說笑，大難不死之下，他也不好意思再與肖敬天相鬥，況且心脈為肖敬天劍氣所傷，雖然外人看不出來，但他知道若再逞強動手，只怕會將小傷弄成大傷。他只得悻悻地哼了一聲，勉強接受了這個結果。

任天翔故示人方，其實已將各種結果在心中演繹過一遍。他知道以蒼魅的武功，在無垢大師手下根本沒有獲勝的機會，只看他能堅持多久而已。如此一來己方一勝一平，就算第三場蓬山老母親自出手，張果不巧敗在了她手中，雙方也還是平局。薩滿教三大高手已盡數出場，而新結盟的華夏門還有無數高手沒有亮相，再鬥下去自然是必勝無疑。

事態的發展驗證了任天翔的預料，無垢雖然沒有任天翔的指點，依然在百招之後逼得蒼魅不得不棄杖認輸。無垢趁勢奪下蒼魅賴以成名的骷髏杖，將杖端的骷髏頭一掌折下，然後將藤杖還給蒼魅道：「這個骷髏老衲會替施主安葬超度，希望施主以後莫再濫殺無辜，製作這等邪惡兵刃。」

蒼魅方才已被無垢渾厚的內力震傷了五臟六腑，嘴邊隱現血絲，只是強忍著才沒有當場嘔出。面對無垢的勸誡，他不敢表示反對，悻悻地接過藤杖，一言不發轉身就走。他與蒙巨縱橫漠北，從未遇到過對手，如今傷在無垢手中，還被折去賴以成名的獨門兵刃，以他的驕傲自然無顏再留。

兩個不知趣的薩滿弟子見他要走，忙迎上前想要勸阻，還沒開口便卻被他劈手斬殺。不顧安秀貞的挽留呼叫，他的身影已如一道青煙，掠過岱廟高高的廟牆，轉眼消失在廟外莽莽林海之中。

蒼魅一走，蒙巨也無顏再留，他向巨犛中的蓬山老母拱手拜道：「師姐在上，咱們兄弟二人未能為薩滿教增光，實在無顏面對師姐，告辭！」

有蒼魅的教訓，薩滿弟子無人再敢阻攔。就見蒙巨追在蒼魅身後，也越牆而去，偌大的身體不見一絲笨拙累贅，令人不禁咂舌。

薩滿教日月雙魔一走，張果率先鼓掌大笑起來：「好極好極，老道總算可以一報當年蓬山之仇。老道先前還怕無垢和尚和那姓肖的傢伙兩戰皆勝，輪不到老道出手呢。」說著，他已跳到廣場中央，對巨犛中的蓬山老母高聲呼道，「老巫婆，再來跟道爺比劃比劃。看看這麼些年來，你又練成了什麼歹毒武功。」

薩滿教兩大高手鎩羽而去，剩下的薩滿弟子面對張果的挑戰，再沒有方才的自負和狂傲，紛紛將目光轉向了巨犛，等待蓬山老母指示。

就在這時，突聽岱廟大門外傳來兩聲驚呼，跟著就見兩個門外迎客的道士突然倒飛而來，重重地落在地上，口中鮮血狂噴，眼見不活了。

緊跟在兩名飛落進來的道士身後，是方才剛離去的日月雙魔。就見二人一前一後飛奔而入，嘴裏呼呼喘著粗氣，眼裏閃爍著一種近乎瘋狂的光芒，二人臉上有著一樣的恐懼和震撼，就像看到了什麼令人恐怖之事。

「火、火！」蒙巨衝在最前方，猶如受驚的瘋牛般直往人叢中衝去，嘴裏無意識地嘶叫，「火神來了！我、我看到了火神……」

與蒙巨不同，蒼魅卻是不顧薩滿教眾弟子的阻攔，徑直衝向薩滿教高臺上那座巨輦，他的嘴裏發出近乎絕望的哀嚎：「救命！師姐救命……」

話音未落，就見有幽藍的火光從蒼魅體內躥了出來，那火焰猶如來自九幽地府的煉獄之火，毫無徵兆地從蒼魅身體內部燃出，轉眼間，他的身體就變成了一個燃燒的火炬。只見他掙扎著撲向巨輦，嘴裏發出嘶嘶的哀叫，那聲音猶如來自地獄般刺耳。

面對撲過來的火人，薩滿弟子嚇得紛紛後退，就連巨輦旁的安秀貞也驚叫著躲到了一旁。

就在這時，突見巨輦的幔帳飄起，一股颶風憑空而出，將蒼魅滿身的火焰盡數撲滅，也將他的身體掃落高臺。誰知颶風剛過，蒼魅的肌膚上又燃起那種藍幽幽的火焰，好像那火苗是來自他體內，即便再大的風暴也無法將之撲滅。

蒼魅在地上呼號翻滾，他的衣衫、頭髮連同肌膚，已經由內而外地燃了起來，熊熊的烈火完全包圍了他的全身，他的衣衫、鬚髮連同肌膚，開始在烈焰中化為灰燼。

「火神！火神！火神臨世！」蒙亘發出慘烈的厲喝，那種發自靈魂深處的恐懼像瘟疫一般，隨著這呼聲傳遞給了在場所有的人。他像瘋了一般在廣場上飛奔呼號，他的背後像彗星一般拖著長長的火焰，猶如鬼火緊追在他的身後。

他在廣場上跑了一圈又一圈，直到再無力奔馳。藍幽幽的火焰像是來自地獄的鬼火，從他體內燃了出來，他滿身的肥肉開始「滋滋」地燃燒，廣場上立刻瀰漫起一種濃烈的味道。這味道讓人想起烤肉，這種聯想令昨晚吃過烤肉的江湖豪傑，身不由己地嘔吐起來。

蒙亘放棄了掙扎，任由那熊熊的火焰在自己身上恣意肆虐。他張開雙臂仰天大叫，那呼號猶如動物臨死前發出的哀嚎。他的身體變成了一具燃燒的十字架，一具在熊熊烈火中逐漸碳化的十字人架。

在場所有人皆鴉雀無聲，目瞪口呆地望著蒼魅和蒙亘，先後變成了兩堆黑黝黝的殘骸。

任天翔雙眼圓睜、渾身顫抖，立刻就想起了塔里木河畔的十字人架，以及長安大雲光明寺無火自燃的長安之虎。他不禁喃喃道：「是他們！他們終於還是來了！」

小薇緊緊抓住他的手，正忍不住要問，就見洞開的大門外，兩隊白衣人魚貫而入，緩緩來到場中，然後躬身齊呼：

「弟子恭迎摩門大教長佛多誕，蒞臨泰山岱廟！」

隨著這聲高呼，就見一個身材高大的白衣老者，在兩隊白衣男女的尾隨下信步而入。雖然相隔很遠，依然能感受到他那一雙深邃眼眸中透出的光芒，那是一種令人不敢直視的光芒。

就見他對著高臺上的眾人，以手撫胸微微一禮道：「摩門佛多誕與會來遲，望諸位同道恕罪！」

所有人目光都望向了臺上的人，臺上人的目光則望向了任天翔與孔傳宗二人。眾目睽睽之下，孔傳宗只得清了清嗓子，硬著頭皮問道：「咱們好像並沒有邀請貴教，不知大教長前來做甚？」

佛多誕微微笑道：「本師欣聞中原武林在泰山舉行百家論道大會，摩門雖然剛入中原，但已獲朝廷認可，在長安大雲光明寺公開傳教，信眾達數十萬之眾，因此本教自認也屬於中原武林一脈。中原百家論道這等盛會，怎能少了本教參與？所以本師不請自來，還望諸位掌門莫要見怪。」

孔傳宗忙道：「既然如此，在下便代表中原武林各派，歡迎貴教參與盛會。」

「慢著！」任天翔強壓下心中恐懼，開口質疑道，「貴教源自波斯，而咱們中原武林同屬華夏門，皆是傳承自咱們華夏先祖，與貴教毫無淵源。大教長欲參與盛會觀禮可以，但要自認是中原武林一脈，只怕有些不妥。」

群雄紛紛點頭道：「沒錯，摩門傳自西方，跟咱們華夏門沒什麼關係，不能算是咱們中原武林一脈，更不能算是諸子百家之一。」

佛多誕待眾人議論稍平，這才淡淡笑問：「不知釋門傳自哪裡？它又算不算是中原武林一脈？」

眾人盡皆啞然，雖然釋門傳自天竺，但早已經在中原紮下根來，在所有人心目中，它早已經與華夏本土門派無疑，其地位更是與諸子百家中名氣最大的儒門和道門並列，這是人所共知的事實，也是人人都能接受的現實。

「諸位能夠接受釋門作為中原百家之一，為何就不能接受摩門呢？」佛多誕笑問道，「咱們也是得到朝廷認可、得到信眾擁護、在中原公開開壇傳法的名門正教。聽說有邪魔外教入侵，咱們不遠千里匆匆趕來，在山門外剛好遇到兩名邪派高手，本師便借光明神之威略施懲戒，也算是給中原武林同道獻上了一份見面之禮。」

眾人聽到這裏，才知道蒼魅和蒙亘竟然是死在這摩門大教長手中。這日月雙魔離開時雖然已經受傷，但實力依然驚人，沒想到這摩門大教長竟能輕易將二魔擊斃，而且所用手段是如此酷烈恐怖，在場的所有人幾乎聞所未聞，那這摩門大教長的武功該有多麼可怕？

有心思活泛的武林豪傑立刻就想到，有薩滿教這個大敵在前，如果中原武林能多摩門這個強援，實力自然是有增無減，但要是得罪摩門，將之逼到與中原武林對立的一面，這豈不是為新興的華夏門再樹一個強敵？

便有江湖豪傑爭相向佛多誕奉承道：「摩門既然要在中原長久立足，自然也算是我中原武林同道，也算是咱們華夏門一份子。大教長一來便為華夏門除掉兩大邪派高手，實乃意外之喜！」

義門眾人見中原各派群雄出於各種各樣的考慮，爭相要將摩門拉到自己陣營中來，不由大急。眾人忍不住就要揭露摩門的真面目，卻被任天翔阻止。他知道僅憑義門一面之詞，很難改變眾人對摩門的看法，而且邢場爭奪墨子墓的衝突，在外人看來未必也會認為義門與摩門有什麼本質不同，都是在竭力爭取本門的利益而已。

任天翔略一沉吟，故意給摩門出道難題。他對佛多誕笑道：

「大教長自認是中原武林一脈，是咱們新結盟的華夏門中一員，而且還為中原武林除去了兩個強大的對手，只可惜大教長忘了一點。」

佛多誕望向任天翔，微微笑道：「請問是哪一點？」

任天翔笑道：「那薩滿教日月雙魔，早已經敗在釋門和儒門兩大高手的手下，而且是身受重傷鎩羽而去。大教長不過是殺了兩個敗軍之將，撿了個大便宜，這算什麼見面之禮？如果大教長真想證明自己是中原武林一脈，願成為咱們新結盟的華夏門一員，那就先將不該在這裏的邪魔外道趕走吧。」

任天翔原本以為，薩滿教與摩門若都是司馬瑜的盟友，那麼摩門對趕走薩滿教必定會百般推脫。

誰知佛多誕毫不遲疑地頷首道：「作為華夏門的新來者，咱們理應有所貢獻，任掌門的建議不無道理。」說著他微微一頓，「不過這等大事非本師能夠做主，須得向上請示。」

任天翔十分奇怪：「大教長不是摩門在東方的最高職位麼？還有誰比大教長地位更高？」

佛多誕正色道：「本師不過是光明神的僕人，而光明神在人世間有自己的使者，咱們這些神的僕人，所作所為都必須依照光明神的旨意行事。而光明神的旨意則必須是通過這位神使來傳達。」

任天翔越發好奇，追問道：「不知這位神使是誰？什麼樣的人能成為神的使者？」

「只有身體最聖潔、出身最高貴的少女才能成為神的使者。」佛多誕的聲音突然變得肅穆莊嚴，也陡然提高了一倍，「恭敬聖女駕臨泰山。」

「恭迎聖女駕臨泰山……恭迎聖女駕臨泰山……」

這呼聲隨著摩門的弟子一聲聲的傳遞，一直傳到遙遠的山門之外。眾人不禁翹首遙望大門方向，心中充滿了好奇。

結盟

第六章

在群雄的一致推舉之下，
中原武林在原來的儒門、釋門、道門、商門之外，又新增了兩大名門，
一為傳承自墨家的義門，一為傳自波斯的摩門，從此並稱華夏六大名門。
不少人傾向於擁護摩門聖女艾麗達成為華夏門首任盟主。

一乘小轎在十多名摩門弟子蜂擁下緩緩來到近前，小轎上半部由輕紗籠罩，轎中人朦朦朧朧看不真切，只能隱約看出是個少女的輪廓。不過緊隨在小轎之後的人有幾個任天翔卻不陌生，除了曾經見過的摩門五明使，還有再熟悉不過的蕭倩玉，以及幾名摩門長老。摩門最重要的人物，基本上都在這裏了。

小轎剛一停穩，以佛多誕為首的摩門眾人便都拜倒在地，紛紛向聖女請安。群雄中有好事者便鼓噪起來，紛紛道：「既是摩門聖女，也算是咱們華夏門的同門姐妹，何不露面讓大家瞻仰一二？」

任天翔真擔心這些好事者惹惱摩門中人，不定要吃什麼苦頭。誰知那少女已令周圍的侍女撤去轎子上端的紗帳，大大方方地接受眾人各種目光的打量。場中喧囂嘈雜的聲音一下子消失，頃刻間靜得落針可聞。

就見那波斯少女只有十七、八歲模樣，碧藍的眼眸令人想起最深邃的大海，栗色捲髮隨意地披散肩頭，卻像是經過精心修飾的雲彩。最讓人震撼的是她的面容，美得纖塵不染，不帶一絲人間煙火。即便是最粗俗放蕩的登徒子，在這樣一種能淨化心靈的純美之色面前，也不再有一絲淫邪之念，只剩下對造物主神奇之力的敬仰和膜拜——如此端莊無邪、柔美純真的少女，只能出自造物主之手，絕非生自凡塵俗世。

如果說方才人們對「聖女」這稱謂，還抱有一種戲謔和調侃之意，現在卻是徹底拜服，如此聖潔高貴，至純至美，卻又帶有幾分神秘氣息的少女，確實不愧被稱為「聖女」。

不僅群雄寂然，就連以前見過這少女的任天翔，也是目瞪口呆、啞然無語。艾麗達！他立刻就想起了她的名字，只是她已經跟記憶中那個天真爛漫的波斯少女全然不同，現在的她，就像是不食人間煙火的仙子，高貴典雅、聖潔端莊，令人只能敬仰膜拜，卻難以再有一分親近之念。

「啟稟聖女！」佛多誕最先打破了場中的靜寂，「義門門主任天翔，要咱們先將入侵的薩滿教趕走，才接受咱們成為華夏門一員，這等大事在下不敢自專，特請聖女示下！」

就見她瞑目對天凝立良久，像是在聆聽來自天籟的聲音。半晌後她終於睜開眼眸，徐徐道：「就依任門主建議行事吧。」

「他們跟華夏門比試了兩場，還剩這最後一場，就由貴教向他們的蓬山老母挑戰吧。」任天翔搶著說道，希望能引起聖女的注意，以喚起她的記憶。誰知艾麗達似乎早已忘了任天翔這個人，看也沒看他一眼，便對佛多誕微微頷首。

佛多誕立刻躬身拜道：「卑職謹遵聖諭。」

佛多誕說完，正要向蓬山老母挑戰，卻聽張果叫了起來：「蓬山老母是我的，誰敢跟我爭？有本事先贏了老道再說！」

任天翔知道，無論薩滿教還是摩門，都不是中原武林的朋友，讓他們先鬥個兩敗俱傷，同時窺探兩派第一高手的實力深淺，這是一舉兩得的良策。他忙對張果使了個眼色，笑道：

「摩門遠來是客，道長何必要跟客人爭呢？就讓大教長先露一手，讓大夥兒瞻仰其風采，大家說好不好啊？」

任天翔最後這句卻是在問群雄，群雄自然高聲叫好。張果雖然行事乖張，卻並不笨，立刻就知道了任天翔心中的小算盤，他雖然有幾分不甘，但為了顧全大局，也就沒有再爭。

佛多誕見群雄都在為自己叫好，也就不再推辭，緩步來到薩滿教高臺之前，撫胸對巨聾微微一拜：「久仰薩滿教蓬山老母威名，希望本師有機會領教！」

巨聾中傳來一聲嘶啞的冷哼：「本教日月雙聖是死在你手裏？」

佛多誕坦然答道：「方才確有兩個相貌奇特的高手由岱廟出來，剛好遇上本師率弟子前來。二人一言不發就痛下殺手，連傷本教數名弟子。本師只好借光明神無上神力，對二人略施懲戒，只是沒想到二人武功實在太高，令本師不得不竭盡全力，因此對結果也就無法控制。」

眾人聽到這裏，才知道日月雙魔殺摩門弟子在先，佛多誕不過是被動還擊，便對他以恐怖手段殺日月雙魔的舉動多了幾分諒解，只是不知那是什麼樣的手段，竟能令人無火自燃，眾人方才相互打聽，竟沒有一個人聽說過。

「既然你能殺本教日月雙聖，有資格接本座一掌！」巨輦中，再次響起那嘶啞刺耳的聲音，話音未落，就見巨輦前方的幔帳突然飄了起來，一個碩大無朋的身影倏然而出，凌空撲向高臺下方的佛多誕。人未至，場中已捲起一股罕見的颶風，泰山壓頂般將佛多誕身形完全籠罩。

佛多誕姿勢未變，只是抬手一掌迎了上去。雙方掌力相接，群雄只感到地面微微一震，就如同腳下的大地突然抖了一抖。

跟著就見佛多誕依舊撫胸而立，而方才從巨輦中撲出那個龐大的身影，已輕盈地倒翻了回去，依舊落回巨輦中，方才飄起的幔帳此時才緩緩落下，一切又都恢復了原來的樣子。

這一下快如電光火石，眾人甚至都沒看清蓬山老母的模樣，雙方就已經結束。眾人不禁看看幔帳低垂的巨輦，再看看姿態未變的佛多誕，實不知方才二人究竟誰占了上風。

幔帳中傳出隱約的身影，卻是蓬山老母以胡語在低聲吩咐。安秀貞俯身在巨輦前聆聽片刻，然後回頭對佛多誕朗聲道：

「老母說了，中原武林都是些無恥之輩，倚多為勝也就罷了，居然還拉攏邪魔外教入夥，實在令人不齒。你們沒有資格做薩滿教公平的對手，只能做咱們敵人。對待敵人，咱們將無所不用其極，所以你們以後要當心了！」

說著，她陡然將聲音提高了幾分，對四周的薩滿弟子高聲道，「咱們走！」

薩滿教就像來時一樣，片刻間便走得乾乾淨淨，甚至將燒成殘骸的蒙巨和蒼魅也帶走了。除了在對面照壁前留下的那座高臺，沒有留下更多的痕跡。

這下頗出群雄意外，沒想到先前還氣焰囂張的薩滿教，竟被佛多誕一人懾服，就這樣灰溜溜而去。群雄雖然沒看清方才蓬山老母與佛多誕那一次交手的結果，但用腳後跟想想，也知道必定是蓬山老母吃了暗虧，所以才鎩羽而去，人們不禁紛紛叫好，對摩門大教長的敬佩之意又多了幾分。

「不知現在，摩門可算是中原武林一脈，可否成為新結盟的華夏門中一員？」哄鬧聲中，就聽佛多誕在問。

「算！當然算！」群雄紛紛道，大多數不瞭解摩門底細的人，都在為有這樣強大的盟友而高興。只有寥寥少數有識之士如任天翔等，暗自憂心忡忡，不過方才話已出口，卻也不好再反悔。

在群雄的一致推舉之下，中原武林在原來的儒門、釋門、道門、商門之外，又新增了兩大名門，一為傳承自墨家的義門，一為傳自波斯的摩門，從此並稱華夏六大名門。

不過在涉及到華夏門的宗旨和領導權歸屬的問題時，卻陷入了僵局。尤其是對於領導權之爭，在原來的儒門和義門之外，又增加了一個摩門。雖然大多數人還沒有真正見識過摩門的武功，但憑摩門大教長擊殺薩滿教日月雙魔、逼退蓬山老母的實力，摩門已經贏得了許多對實力充滿崇拜的江湖豪傑的擁護，成為呼聲最高的黑馬。

尤其摩門最高神職雖然是大教長佛多誕，但聖女艾麗達才是它的代表。這個美得不帶一絲凡塵俗氣的波斯少女，一出場就贏得了所有江湖豪傑的好感，不少人越來越傾向於接受這個美若天仙的波斯少女領導，擁護她成為華夏門首任盟主。

「大家推選摩門聖女做華夏門首任盟主，我個人沒什麼意見。」任天翔眼見摩門的陰謀即將成為事實，不得已以退為進，朗聲道，「不過，我有幾個問題，想當面向聖女請教。」

在群雄的歡呼聲中，就見摩門聖女在兩名摩門弟子陪同下，緩步登上了高臺，款款來到任天翔等人面前。

雖然她已用輕紗遮住了大半個面龐，但露在外面那雙碧藍如海的眸子，依然令人不敢直視。雖然看不到她的臉，但就憑這雙世間獨一無二、碧藍如海的眸子，任天翔立刻就肯定，她就是當年在塔里木河畔巧遇過的波斯少女艾麗達，只是現在從她的眸子中，再看不到一絲天真爛漫，只剩下令人不敢親近的肅穆和莊重，而且視任天翔也形同路人。

任天翔放棄了與對方相認的希望，盯著她的眸子開門見山道：

「第一個問題，不知聖女如何稱呼？既然想做華夏門的盟主，不知你可懂得咱們的語言？熟悉咱們的文化？尤其是咱們中原幾個大門派的來歷和傳承？」

「我漢名叫艾麗，對中原文化雖不敢說無所不知，但至少不會比任門主懂得更少。」少女說著，將儒、釋、道、商、義諸派的基本特點，傳承和來歷簡短地講述了一遍，雖簡短扼要，卻將諸派的特點說得清清楚楚。尤其難能可貴的是，她的聲音是標準的長安口音，完全不帶一絲異族的味道，引得眾人又是一陣喝彩。

任天翔心中暗驚，看來摩門是有備而來。尤其令他驚異的是，他從艾麗的眼眸中，完全看不透她內心的情緒波動或心底隱秘，他引以為傲的墨家「心術」，在這個摩門聖女面前第一次失靈。

「很好！看來聖女對咱們中華文化是頗有研究。」任天翔一計不成，又生一計，笑問道，「華夏文化有個最重要的特點，不知聖女可知曉？」

艾麗微微頷首答道：「知道，不就是男尊女卑、女人不能做一國、一派甚至一家之主麼？只可惜任門主好像忘了，大唐就出過一任女國主，而且幹得好像還不錯。」

任天翔沒想到艾麗對中華文化這般熟悉，連這也知道。他忍不住再問：

「聖女有心要做我華夏門盟主，不知是出於一種什麼樣的心理？又想如何讓整個華夏門在這亂世中求存？」

就聽艾麗款款答道：「釋門有普度蒼生之念，儒門有捨生取義之說，其實跟本教的信念也有相通之處。在危難之時以拯救蒼生為己任，是本教的一貫宗旨。至於如何讓華夏門在亂世中求存，這說法有些欠妥。身為華夏門一份子，理應在這危難時刻挺身而出，救民於水火，豈可只想著自己在亂世中苟且求存？」

她的話又引得一幫以貌取人的江湖豪傑哄然叫好，有人甚至對任天翔起鬨道：「任門主若不甘心讓聖女做華夏門的盟主，可以率義門劍士向她所代表的摩門挑戰，只要義門能打敗摩門，我們就擁護你做盟主！」

這建議引來無數唯恐天下不亂者哄然叫好，眾人紛紛鼓噪道：「任誰若不服聖女做盟主，就請率自己門人向聖女所代表的摩門挑戰，只要能勝過摩門，咱們一樣擁護他做華夏門的盟主。百家論道雖然論的是道，但最終也是要靠實力才能證明！」

任天翔看看義門眾劍士，見他們臉上俱有躍躍欲試之色，恨不能與摩門再決一死戰。但是任天翔卻不敢下這決心，他知道憑摩門的實力，絕非義門一派可以相抗，尤其佛多誕那深不可測的魔功邪術，義門中只怕無人是其敵手。不過，就這樣眼睜睜看著摩門最終竊取華夏門盟主之位，他又十分不甘心。

正猶豫難決之時，突聽門外馬蹄聲急，有兩匹奔馬由遠而近，徑直衝入了岱廟大門。這二人來得急迫而突然，吸引了所有人的目光，眾人應聲望去，但見兩個騎手汗流浹背，衣衫盡濕，胯下坐騎更是口吐白沫搖搖欲墜，可見二人趕路之急。

有人認出了其中一個騎手，不由小聲呼道：「是裴文智，是儒門失蹤了的那個劍士！」

任天翔也認出了另一個騎手，他心中不由一寬，突然有種如釋重負的感覺，忍不住遙遙問候道：「李兄終於親自趕來，小弟可是盼死你了！」

來人不是別人，竟然就是隨太子李亨去了靈武的李泌。

就見在他前方的裴文智手中高舉一物，對儒門眾人朗聲道：「儒門弟子聽著，冷門主臨終授命李泌李公子為儒門新一任門主，並以儒門令符為憑，以裴某為見證人！大家還不快拜見新門主？」

儒門眾人面面相覷，尤其以肖敬天為首的儒門眾劍士，更是不知作何反應。

就在這時，突聽邱厚禮高聲喝道：「裴文智，你勾結外人暗算冷門主，已經犯了死罪，如今又勾結外人假傳冷門主遺命，你究竟要幹什麼？」

「我沒有！」裴文智急忙分辯，「冷門主是被薩滿教日月雙魔所殺，而日月雙魔則是聽命於他們！」

裴文智指向了混在孔府弟子中間的司馬瑜等人，眾人這下更是摸不著頭腦，不知裴文智為何要指證孔府弟子。

肖敬天忙喝道：「文智，沒有真憑實據，莫要血口噴人！」

李泌一直在靜觀事態發展，見肖敬天這樣問，他忙從裴文智手中要過儒門令符，抬手扔到肖敬天手中，胸有成竹問道：「泌久仰肖大俠之名，就請肖大俠告訴所有儒門弟子，這面令符是真是假？」

肖敬天身為儒門劍士之首，對儒門令符自然不陌生，他接過令符一看，臉上頓時微微變色。如果這是一面真的令符，那麼孔傳宗手中那面令符是如何而來？他望向孔傳宗，眼中閃爍著駭人的怒火。嚇得孔傳宗低下頭去，不敢面對他的目光。

「請肖大俠告訴大家，這面令符的真偽。」李泌在催促。

肖敬天艱澀地點點頭：「它是真的。」

此言一出，群雄頓時譁然，如果李泌手中這面令符是真的，那麼孔傳宗豈不是在偽造令符，假傳冷門主遺命？

紛亂中，就聽李泌平靜道：「很好，肖大俠既然認可這面令符，儒門中的家事可容後再議，現在大敵當前，肖大俠能否率儒門劍士聽我號令？」

肖敬天還在猶豫，就聽裴文智急道：「大哥，他是冷門主臨終授命的儒門新門主，有儒門令符和我為證，大哥還有什麼懷疑？」

一旁的邱厚禮急忙道：「這面令符是在冷門主遇刺時就失落，落到誰的手裏都有可能，實在不足為憑！」

儒門眾人也都悄聲議論起來，不知該相信誰的話。

就見肖敬天緩緩抬起手，打斷了眾人的議論，然後拱手將令符還給李泌道：「無論裴文智所言是真是假，這面令符卻是真正的儒門門主信物，肖某願聽從先生號令。」

「好！」李泌接過令符，翻身下馬來到高臺之上，環顧群雄朗聲道，「在下李泌，今日匆忙趕來這百家論道盛會，除了是受冷門主臨終所託，還有一個更重要的消息要告訴大家。」

群雄中有不少人聽說過李泌之名，不由紛紛議論：「這不是當年長安的天才少年，十七歲便入翰林，後來不知所蹤的李泌麼？他怎麼會突然出現在這裏？」

李泌待眾人議論稍平，這才繼續道：

「李泌年少時雖然偶有薄名，且受人舉薦入過翰林，但卻無心仕途，因此一直在東宮侍奉太子殿下。直到戰亂突起，兩京淪陷，不得已隨太子去了靈武。在下這次趕來泰山，便是要告訴天下群雄，太子殿下受聖上密旨，已在靈武登基為帝。今聖上已在靈武豎起平叛大旗，尊父皇為太上皇，並召各路兵馬去靈武勤王。如今朔方、安西、河西等各路兵馬，在郭子儀、李光弼、李嗣業等將率領下已陸續趕到靈武，大唐帝國雖被范陽叛軍打了個措手不及，但現在已經在新皇領導下，重新又站了起來！」

群雄聞言紛紛鼓掌叫好，河北、山東等地，已經很久沒有聽到過朝廷的訊息，如今得知太子殿下在靈武登基，豎起平叛大旗，不少人不禁湧出了激動的淚花。范陽叛軍雖然勢力龐大，但總歸是北方蠻族，又軍紀渙散，無惡不作，因此永遠也無法成為中原人心中的正統。人們或許會因形勢所迫，暫時屈服於叛軍的淫威，但卻不會永遠背叛大唐。

「我受聖上所託，千里迢迢趕來泰山，是想借這次百家論道的盛會，聯合中原武林結成聯盟，共同匡扶唐室，討逆平叛！」李泌朗聲道，「我雖有聖上手諭，但卻不敢以官方身分號令武林豪傑。在下只想以江湖一介書生的身分，以保境安民的拳拳之心，號召大家聯合起來，共謀天下太平！」

群雄齊聲答應，爭相道：「李公子來得正好！咱們剛結成華夏門，正缺一名號令天下的盟主人選。李公子即是天下名士，又有冷門主遺命，不如就做了華夏門的盟主吧！」

面對洶湧的民意，李泌轉身對無垢大師合十拜道：「大師在上，如今外魔入侵，中原武林危如累卵，不知釋門可否拋開門戶之見，暫時聽我號令？」

無垢頷首笑道：「公子乃釋門前輩懶饞和尚弟子，人品才幹無人能出其右，貧僧願率門下遵從公子號令。」

李泌點點頭，轉向元丹丘和幾名道門弟子，緩緩從懷中拿出一物，正色道：「不知幾位道長可識得此物？」

幾名道士尚未開口，一條人影已鬼魅般掠上高臺，從李泌手中搶過了那面黑黝黝的鐵牌。眾人定睛一看，卻是那有些瘋瘋癲癲的老道張果。

就見他將那面篆刻有血紅字樣的鐵牌翻來覆去看了半晌，滿臉驚訝地喃喃道：「這是聖上賜給司馬老兒的丹書鐵券，怎麼會在你小子手裏？」

李泌面帶微笑，目光炯炯地盯著元丹丘道：「我是受司馬道長所託，帶著他的信物趕到岱廟，暫時替他接管道門。」

張果詫異道：「司馬老兒怎麼了？如此大事他怎不親自前來？」

李泌微微笑道：「司馬道長被人暗算，無法按時趕來，因此特令在下持他的信物前來，以免道門被人利用。」

張果恍然大悟，連連點頭道：「難怪！我說司馬老兒一生精明，怎麼會有如此糊塗的弟子。原來是這樣。」他恨恨地瞪了元丹丘一眼，大聲道，「道門弟子聽著，掌門信物在此，所有弟子俱得謹遵號令，不然老道第一個不放過他。」

幾名道門弟子唯唯諾諾，不敢與張果爭辯。

李泌此時又轉向商門岑剛和鄭淵，一言不發將一個卷軸遞到二人手中。二人疑惑地展開一看，臉上頓時變色。

那是一道新皇帝頒發的聖旨，任命李泌為中原武林各派總盟主。這樣的聖旨對別的江湖人或許沒什麼約束，對商門卻是再權威不過，因為任何一個商人，都不會愚蠢到跟朝廷對抗。

岑剛還有些猶豫，鄭淵已拱手拜道：「商門上下，願謹遵先生號令。」

李泌最後轉向了任天翔，正色問道：「任門主，不知你和義門上下，是否願聽從我的號令，以免中原武林盟主之位，被來歷不明的外人侵奪！」

任天翔笑道：「這華夏門的盟主，只要不是由摩門中人來做，無論是誰我都沒意見，若李兄能毅然當起這個重任，那是中原武林之福，小弟高興還來不及，豈敢有任何異議？」

「很好！」李泌說著轉向了摩門聖女艾麗，一字一頓道，「貴教源自波斯，拜光明神，火為教中聖物，因此也稱拜火教。聖女所率這一支為教尊屬下東方大教長佛多誕所領導，不知我說的對也不對？」

艾麗頷首道：「沒想到先生對本教竟知道的如此之詳細。」

李泌淡淡道：「我不僅知道這些，而且還知道貴教在它的發源地波斯，已經是被嚴令禁絕的邪教。貴教在波斯曾經盛極一時，但如今早已分崩離析，教中弟子各奔東西。聖女能否告訴大家，波斯國王為何要在全國取締拜火教，甚至對所有冥頑不化的教徒，一律處以極刑？」

艾麗眼中第一次出現了一絲悲戚和無奈，群雄也不禁小聲議論起來。就聽李泌朗聲道：

「我來告訴大家。那是因為摩門崇尚暴力，教義極端偏激。摩門教規中有一條，同門皆是兄弟姐妹，傷害同門將加倍受罰。但對於非同門中人，尤其是信奉其他神祇的人，在摩門弟子眼裏便是異教徒，殺之不僅無罪，還將受到光明神的獎賞。在摩門弟子心目中，世界只有一個至高無上的神祇，其他一切神靈都是魔。在摩門占統治地位的地區，人們只能信奉光明神，不然就在被消滅之列。」

群雄聞言頓時譁然，紛紛問：「如果摩門在中原坐大，咱們是不是都得拜光明神？」

李泌頷首道：「這個問題大家可以問聖女，問問她摩門教規第十九條是如何規定？」

群雄靜了下來，盡皆望向聖女。

就見她遲疑片刻，緩緩道：「沒錯，木教教規十九條規定，光明神是世間唯一至高無上之神，其他神皆是魔，所有信魔者皆有罪。不過，每一個光明教弟子，都會幫助他們洗脫罪孽，皈依到光明神座前。這是一個長期的過程，我們在相當長的時間內，都會接受與其他教派共存的事實。」

「如果不願歸附貴教，是不是俱在消滅之列？」李泌質問道，「一種教義，無論它有多崇高多正確，如果以暴力強加給他人時，便無可避免地成為一種威懾他人安全的邪教。貴教在波斯遭到嚴酷的鎮壓和禁絕，不是沒有原因。如今你們在波斯無法再立足，不得已輾轉萬里來到我中原，如果還抱著自認高人一等的教義不放，不能以平和之心待人，只怕中原也容不下你們。」

李泌說著轉向群雄，朗聲道：「以我中原人的寬厚胸懷，未嘗不能接受外來教派和學說，比如釋門雖傳自天竺，卻也成為與儒門、道門並列的三大教派之一。摩門要想成為華夏門一員，應該向釋門學習，先革掉那些與人為惡的教規方是上策。」

「本教教規，還輪不到外人來指手劃腳。」佛多誕見艾麗理屈詞窮，他終於按捺不住，開口喝道，「方才大家已推舉本教聖女為華夏門盟主，你若是不服，盡可向本教挑戰！」

「好！」李泌慨然應戰，「對於崇尚暴力的人，必須用暴力才能令他屈服。我便以在場各派弟子，會一會摩門眾高手。不知大教長想要怎樣比試？」

佛多誕淡淡道：「本教有一拜火大陣，乃是由祭拜光明神的大典之舞演變而來，以三十六名弟子共同操練。不過在創立之後，這拜火大陣只對抗過數倍於己的敵人，還從來沒有與人數相當的對手比試過。早聽說中華武學博大精深，各種武學流派皆不同凡響，想必對各種戰陣也有研究。咱們便印證一下最講究配合和戰法的戰陣，不知閣下意下如何？」

任天翔曾經見過摩門弟子作戰，心知他們單獨來看武功或許並不可怕，不過一旦結成陣勢配合作戰，實力增強便是數以倍計。而中原各派武功大多是以單人作戰為主，就算少數門派有配合作戰的戰陣，也多是寥寥數人而已，很少訓練過三十多人的戰陣。這實在非中原武林各派所長，他忙以目光示意李泌，希望他慎重考慮。

但李泌略一沉吟，便點頭答應道：「好！既然大教長已劃下道來，咱們自然要應戰。」

佛多誕頷首道：「本教聖女曾以普通摩門弟子，演練了一套三十六人的拜火大陣，今日正好借這難得的機會，向中原武林群雄請教！」

隨著佛多誕手勢一揮，數十名摩門弟子便如行雲流水般動了起來，按奇異的步伐交叉穿梭，很快便有三十五名弟子各依方位站好，將聖女艾麗園在了中央。

佛多誕躍上對面薩滿教留下的高臺，指著場中摩門弟子道：「這便是由三十六名弟子組成的拜火大陣，由聖女親自坐鎮中央指揮。只要你們能攻到聖女面前，就算你們勝。」

任天翔見這三十多名摩門弟子中，果然沒有摩門五明使和摩門長老這樣的高手，他心中不禁有些奇怪：難道摩門真要以普通弟子，挑戰中原武林最頂尖的高手？

就見這三十多名摩門弟子東一團，西一簇，初看毫無章法，細看卻發現隱然如千軍萬馬，將聖女拱衛在中央。現在摩門與中原武林比的已不再是個人武功，而是在當下極有現實意義的戰陣，這對不擅此道的中原武林群雄來說，無疑是一個巨大的挑戰。

李泌略一沉吟，然後環顧周圍群雄，開口道：「我想請義門八士、儒門九劍和釋門十八羅漢組成戰陣，迎戰摩門拜火大陣，不知諸位掌門可否讓門人聽我號令？」

群雄見李泌竟要以釋門、儒門、義門最頂尖高手，迎戰由普通摩門弟子組成的拜火大陣，都認為他有些小題大做了。不過，由於他乃新皇帝李亨的代表，眾人也不好公然質疑他的決定。

就見無垢、肖敬天和任天翔紛紛點頭答應，對李泌的建議沒有任何異議。只有一旁的朱寶扳著指頭在小聲嘀咕：「八加九再加十八為三十五，還少一人嘛？要不我上去湊個數？」

焦猛抬手就給了義弟一巴掌：「加上指揮戰陣的那個核心和首腦，不正好就是三十六人？笨蛋！以後別亂開口，給咱們祁山五虎丟臉。」

兩人的小聲嘀咕，倒也沒引起旁人注意。

就聽任天翔對李泌笑道：「咱們對先生充滿信心，先生儘管放手而為好了，咱們義門上下，唯先生之命是從，絕不敢有半分輕慢。」

李泌搖搖頭，正色道：「這三十六人的戰陣，已相當於一支軍隊，必須由一名統帥統一調度和指揮，才能讓所有人結為一個整體，發揮出最大的戰鬥力。不過，這名指揮戰陣的統帥不是我，而是任公子你。」

「我？」任天翔愣了一愣，急忙擺手道，「不行不行！這萬萬不行！我只對義門八士武功知根知底，對儒門劍士和釋門十八羅漢卻是一無所知，如何能指揮他們作戰？千萬不要因為我一個人的孱弱，毀掉了中原武林的名聲。」

「統帥的強弱不在他的武功，而在於他的頭腦和臨陣應變能力。」李泌徐徐道，「你看那摩門聖女嬌滴滴的模樣，多半也不會武功，卻能憑她的手勢將三十五名摩門弟子連接成一個整體，公子難道自認還不如那個波斯少女？」

任天翔心中一動，不過還是搖頭道：「我從來沒有指揮過戰陣的經歷，如何能擔此重任？我個人勝敗榮辱是小事，我只怕因我一個人的無能，令眾高手輸掉這關鍵的一戰啊！」

李泌沉聲問道：「兄弟看看，這裏除了你，誰還有指揮戰陣作戰的經驗？比起別人，你好歹讀過墨家兵書，墨家對兵法戰陣有過極為專業的研究，你別告訴我那些兵書你早已燒毀，墨家兵法早已失傳。」

任天翔心知自己私藏墨家兵書一節，瞞不過李泌的眼睛，而墨家兵法中，也確實有不少關於戰陣的論述和講解。他將那些一知半解的理論在心中回味了一遍，最後硬著頭皮答應道：

「好吧，我就勉為其難試一試，不過我有言在先，輸了你可千萬別怪我！」

李泌望向肖敬天等九名儒門劍士，沉聲問道：「我想請諸位看在華夏門共同的利益上，暫時接受任天翔的指揮，依照他的號令進攻或防禦，不知諸位可有異議？」

儒門中人對君主有種近乎迷信般的崇拜，君王是僅排在天地之後的權威，如今李泌身懷新帝的聖旨，在儒門眾人心目中便是天子的代表，所以眾人哪會有任何異議？肖敬天急忙點頭答應道：「沒問題，我們會謹遵任門主號令。」

「等等！」任天翔突然打斷道，「我想用另外一名義門弟子，替下貴派的邱先生。」

邱厚禮氣憤難當，質問道：「任掌門這是什麼意思？」

任天翔無辜地攤開手道：「沒別的意思，我只是怕邱先生在先前的對陣中已經受傷，影響咱們的實力而已。既然要我做統帥，不會連這點小小權力都沒有吧？」

邱厚禮還想爭辯，已為肖敬天抬手阻止。就聽他沉聲道：「沒問題，邱賢弟暫不出戰，由任門主另外找人代替。」

見儒門眾人再無異議，李泌又轉向釋門眾人，早已得到無垢之令的釋門十八羅漢，立刻齊聲道：「咱們謹遵任門主號令，絕不敢有半點輕慢和懈怠，請先生放心。」

釋門十八羅漢，其實就是出身少林的十八個武僧，他們當年在吐蕃時就與任天翔打過交道，在五臺山高僧摩訶衍率領下，協助蓮花生大師對付過害死無塵大師的吐蕃黑教高手。眾僧對任天翔之能早有知曉，如今再次聯手，眾僧自然不會有任何異議。

三派高手合作一處，聽任天翔簡單約定了指揮的手勢和信號後，便分成三撥各自散開。任天翔以少林十八羅漢為正軍，以儒門八大劍士為偏師，再以義門八士加上代替邱厚禮出戰的褚剛為奇兵和總預備隊，三撥人馬分成三個梯隊，慢慢向摩門的拜火大陣逼了過去。

但見群雄早已讓出兩座高臺之間的空地，使之成為一個數十丈見方的戰場。雖然場中沒有任何吶喊擂鼓聲，但那種大兵團作戰才有的肅殺和緊迫感，早已如無形之手在場中悄悄瀰漫開來，扼住了每一個人的脖子，令人呼吸不暢，更難以出聲。

破陣

第七章

在摩門弟子不懼生死的火攻之下，羅漢陣徹底亂了，有少林武僧被燃燒的摩門弟子死死纏住，與他們滾在一起變成了火人。曾經縱橫中原從未被破過的少林羅漢陣，徹底失去了它的神奇，陷入混亂和被動之中。

任天翔從未有過指揮作戰的經驗，不過在這個時刻，墨家兵法上那些原本記憶不詳的戰術和陣法，卻開始從那些幾乎被遺忘的記憶角落冒了出來，當他全神貫注於眼前的戰場之時，才發覺自己對戰術和陣法並非一無所知。他試著用右手指向前方，同時以左手劃了個弧線從側面迂迴。釋門武僧與儒門八大劍士立刻應運而動，十八名少林武僧立刻從正面向摩門的拜火大陣逼近，而八名儒門劍士在肖敬天率領下，開始向拜火大陣側面迂迴。

拜火大陣中央的波斯少女，開始在原地翩翩起舞，隨著她的舞姿，三十五名摩門弟子組成的拜火大陣，立刻如行雲流水般運轉起來。

但見其一經發動，三十多人的陣勢竟變幻出千軍萬馬的氣勢，十八名釋門武僧剛一突入拜火大陣中，便感覺陷入了千軍萬馬的重重包圍，放眼望去，四面八方俱是敵人，指揮拜火大陣的摩門聖女卻已經不見了蹤影。無數勁風從四面八方迫壓過來，釋門引以為傲的羅漢大陣，竟然無法自如地運轉。

在拜火大陣側翼，儒門眾劍士只感覺自己面對的是無數摩門弟子，陣容嚴整宛若守衛森嚴的軍隊。儒門眾劍士雖然沒有專門在一起演練過劍陣，但也是在研武院中共修劍法的同門，彼此心意相通配合默契，見釋門眾武僧已陷入拜火大陣中，幾個人立刻在肖敬天率領下，向陣容嚴整的摩門弟子發起了進攻。

無論是出身少林的釋門十八羅漢，還是儒門八人名劍，在江湖上俱是一流的高手，論單打獨鬥的能力，絕對都在大部分摩門弟子之上，但是當這些武功不及釋、儒兩門頂尖高手的摩門弟子組成戰陣，三十多個便結成了一個運轉自如的整體，在聖女艾麗的指揮下，三十多人竟發揮出千軍萬馬的威力，他們憑著默契的配合和行雲流水般的身形步伐，始終保持在每一個戰鬥瞬間，總是以戰陣最強之處，攻擊對手最薄弱的環節。在每一個陷入陣中的釋門和儒門高手看來，就是在任何一個時刻，自己面前始終有著兩個以上的對手，令人只有招架之功，難有反擊之力。

任天翔雖然是第一次指揮戰陣作戰，但修煉心術已有所成的他，目光自然比旁人銳利得多，很快就看出雙方差距所在。摩門弟子雖然武功稍弱，但他們是以一個整體在戰鬥，而己方則是分成了兩個不相干的部分，少林十八武僧還能以羅漢陣聯手禦敵，儒門八名劍士卻基本是各自為戰，難以像摩門弟子那樣形成合力，更不用說與少林眾僧配合了。相信就是將義門八士也派上戰場，局勢也不會有多大改變。

戰鬥在群雄的吶喊聲中越來越激烈，就見陷入陣中的少林十八武僧攻勢越來越弱，開始陷入苦撐的局面，拜火大陣外的儒門劍士雖然屢次想要衝進陣中相救，但在摩門頑強的防守面前，卻始終不得寸進。

群雄的歡呼吶喊聲漸漸稀疏下來，他們也看清了雙方的形勢，不由將目光轉向指揮作戰的任天翔，但見他正皺眉沉思，似乎還沒有將義門八士派上去助戰的意思。有人便忍不住高聲提醒：「再不派兵增援，羅漢陣只怕撐不住了！」

就在這時，突見側翼防守儒門眾劍士的摩門弟子，突然間往兩旁退開，儒門劍士壓力一鬆，立刻衝入了拜火大陣中央，與釋門羅漢陣匯合到一處。

圍觀的群雄忍不住鼓掌叫好，以為摩門弟子終於扛不住儒門劍士的壓力，只有任天翔心中暗叫不好，急忙對杜剛等人比了個兩側包抄的手勢。早已躍躍欲試的義門八士立刻分成兩路，向拜火大陣包抄過去，從外圍對摩門弟子進行騷擾。

就見與儒門劍士與少林武僧匯合後，不僅未能增強羅漢陣的威力，反而打亂了羅漢陣運轉的節奏，給羅漢陣帶來了片刻的混亂。

摩門弟子在艾麗指揮下，立刻就抓住了這謀算已久的戰機，拜火大陣突然向內收縮，少林武僧和儒門劍士俱感到壓力陡增，先後有數人傷在了摩門弟子劍下。不過幸好任天翔及時派出義門八士，從周邊向拜火大陣施壓，分擔了陣中少林武僧和儒門劍士的壓力，才使他們的陣腳沒有在這突然的變故下被衝垮。

不過，已有三名少林武僧和兩名儒門劍士，傷在了拜火大陣的壓力之下，雖然傷不致命，卻成為同伴的累贅，加倍削弱了己方的戰鬥能力。

就聽摩門弟子的兵刃破空聲，隱約合著某種奇特的韻律，聽在眾人耳中猶如一種悅耳的音律，不過這卻是殺人的音樂。隨著艾麗的舞姿越來越急，摩門弟子的步伐也越來越快，拜火大陣運轉得越來越流利酣暢，夾在其中的兵刃破空聲，也越發像索命的音樂一般刺耳。合釋、儒、義三派頂尖高手之力，竟無法打破這索命的韻律。

「讓他們聽我調度！」任天翔終於開始窺探到拜火大陣的一些奧秘，急忙對唯一留在自己身邊的褚剛吩咐道，「羅漢陣突擊乾位，肖敬天率儒門守震位，杜剛率同門攻兌位，任俠守坤位！」

褚剛連忙將任天翔的吩咐以內力高聲傳遞過去，雖然釋門、儒門從來沒有與任天翔合作過，但他所說都是最淺顯的八卦方位，所以眾人也還能明白，立刻依照他的吩咐進行攻守。

場中的混亂頓時減少，任天翔再依照局勢的變化進行調整，雖然還不足以跟運轉嫺熟的拜火大陣相抗，但憑著釋、儒、義門高手個人武功之強，勉強彌補了配合的不足，戰勢漸漸陷入僵持。

「起！」正曼妙而舞的艾麗突然一聲輕喝，舞姿剎那間變得肅穆莊嚴起來。摩門弟子隨著她的舞姿齊聲誦唱起波斯語的經文，合著這奇特的韻律，他們竟將這激烈的戰場變成了向光明神祈禱的祭壇。

隨著祈禱聲越來越高亢，有火光突然從拜火大陣中升起，那是兩名摩門弟子的身體在突然燃燒，他們卻毫不驚慌，而是像移動的火炬般突然衝入羅漢陣中央，率先向羅漢陣發起了衝鋒。無數摩門弟子緊隨他們之後，口中誦唱著意義莫辨的經文，也向被包圍在中央的少林武僧和儒門劍士衝去。

中原群雄雖然也是身經百戰的戰士，卻從來沒有見過如此詭異的對手，就見摩門弟子在兩名渾身是火的火人率領下，奮不顧身地向自己衝來，這徹底打亂了少林武僧的陣腳，致使羅漢陣開始陷於混亂。

「滾開！」肖敬天一聲大吼，將長劍當成鐧橫拍而出，將兩名燃燒的摩門弟子震開數丈。兩名燃燒的摩門弟子倒了下去，但接著又有四名摩門弟子奮不顧身的衝過來。

他們的身體在燃燒，像火炬一樣耀眼。兩名躲避不及的少林武僧，被他們合力抱了個正著，場中傳出少林武僧的慘叫，以及摩門弟子興奮的祈禱和吟誦。

在摩門弟子前仆後繼不懼生死的火攻之下，羅漢陣徹底亂了，有少林武僧被燃燒的摩門弟子死死纏住，與他們滾在一起變成了火人。曾經縱橫中原從未被破過的少林羅漢陣，在這種從未見過的攻勢面前，徹底失去了它的神奇，陷入混亂和被動之中。

「擊地！」混亂中傳來任天翔的高喝，「以最大的力量攻擊地面！」

混戰中的群雄剛開始沒有人理解，但是褚剛率先做出了表率。他使勁全力將兩掌拍向地面，震碎了地面鋪設的青石板，石板碎裂後，石板下面的塵土被掌風激起，開始在場中瀰漫開來。

在外圍的義門眾人立刻明白了任天翔的企圖，眾人紛紛以掌或兵刃擊地，擊碎地上的石板後，激起漫天塵土，被包圍的少林武僧和儒門劍士也立刻學著他們的樣子，戰場上一時煙塵瀰漫，面對面也難以辨認彼此。

任天翔的手勢和艾麗曼妙的舞姿俱消失在漫天塵土之中，雙方都失去了對自己人的指揮。不過任天翔這邊人人都是高手，越是單打獨鬥越能發揮自身優勢，而拜火大陣一旦陷入混亂，就再難以發揮它獨特的威力。

戰場中不斷傳出兵刃相擊和一兩聲慘呼，但外面的人卻完全看不到戰場中的情形，只有任天翔根據塵土激蕩的形狀，勉強辨認出己方對手的特點。比如那股劇烈激蕩的颶風，一定是使開山斧的熊奇在混亂中逞威，而塵土中那股運轉如行雲流水的微風，一定是任俠的快劍……他不時出言指點己方的人，向拜火大陣最後的核心攻去。

拜火大陣終於混亂起來，塵土瀰漫中，絕大多數摩門弟子看不到聖女的舞姿，而艾麗也看不清戰場中的情形，無法做出相應的變通，眾人只能憑個人能力自由發揮，如此一來，摩門弟子個人武功相對較弱的劣勢便最大限度的暴露出來。場中響起的慘呼和痛叫，幾乎都是出自摩門弟子之口，任誰都能聽出來。

看戰場中那激蕩的塵土和風勢，任天翔便知道己方已完全佔據上風，拜火大陣已經零落不堪，不成陣形。他剛要鬆口氣，卻突然發現戰場側翼有股煙塵在激蕩，猶如潛游在水底的蛇鰻，目標明確地向自己所在方位飛射而來。

那速度明顯比普通摩門弟子快出許多，尤其是對方借助煙塵的掩護，避開了褚剛等人的攔截，等任天翔發覺之時，這股裹挾著煙塵的人影已衝到了自己面前。

這人影來得如此之快，待任天翔發覺急忙後退閃避，同時向褚剛等人呼救之時，已經遲了一步。他剛呼出一個字，就感覺咽喉一緊，脖子被人扣住，再發不出半點聲音。

二人面面相對，相距不到半尺，直到這時任天翔才發覺，襲擊自己的竟然就是聖女。他不禁艱難地從咽喉中擠出三個字——艾麗達！

聽到任天翔叫出自己以前的名字，艾麗的手鬆了一鬆，眼中閃過一絲複雜的情愫。

就在這時，艾麗身後突然湧起一股颶風，迅若奔雷直襲她的後心。任天翔一見便知，這是杜剛重逾千鈞的唐手霹靂斬，他急忙高呼：「住手！」

杜剛這一斬何等迅疾，雖然聽到任天翔的呼聲他急忙收力，但依然有五成力道擊中了目標。幸好艾麗感覺身後有異，側身避過後心要害，但後背依然吃了杜剛一擊重擊。她一口鮮血脫口而出，噴在了任天翔身上，人也身不由己撲到了任天翔懷中。任天翔急忙將她護在懷中，總算避過了杜剛等人後續的攻擊。

艾麗只在被擊中之時渾身失力，待義門眾人圍過來之時，她已將任天翔推開，神情複雜地對他道：「我們敗了，叫你的人住手。」

任天翔急忙讓杜剛喝令大家停止攻擊，場中煙塵漸漸消散，但見摩門弟子大多橫七豎八倒在地上，只有寥寥數人還在勉力支撐，而少林武僧和儒門劍士也倒下了十幾個，不過方才那樣的混戰，眾人幾乎兩眼一抹黑，不知道對手是敵人還是同伴，因此不敢痛下殺手，所以雙方倒下的人雖多，但大多只是受傷，也有少部分是受傷後故意倒地，以求在混戰中自保。

「我們敗了！」艾麗坦然向眾人宣布，「不過我們不是敗在戰陣之上，而是敗在了陰謀詭計之下。」

任天翔不好意思地撓撓頭，嘆道：「孫子兵法云：兵者，詭道也！兩軍對壘，自然是各出奇計，無所不用其極。正如摩門弟子以身體做武器，引燃自己以命換命，不也是另一種陰謀詭計？」他微微一頓，「不過，聖女在有機會殺我時而沒有殺，這一仗我不敢認為自己勝，便算是平手吧。咱們原本是為擁立誰為華夏門盟主而戰，既然是平手，那麼就讓中原武林豪傑自己選擇，願意擁立聖女為盟主的就跟你走，願擁立李泌為盟主的就跟咱們走。」

群雄聞言紛紛應和，自然都站到了李泌這邊。畢竟摩門是外來者，而且方才為爭勝負，竟不惜犧牲弟子性命的行事作風，已經引起了中原武林群雄的反感；相比而言，李泌不僅是新皇帝的代表，又有儒門冷浩峰的信物，如今又獲得了釋門、道門、商門和義門的支持，他做盟主自然是實至名歸。

在群雄的鼓噪歡呼聲中，李泌來到臺前，對群雄朗聲道：

「在這天下大亂，戰亂頻起的時代，我華夏各門各派弟子，理應拋棄門戶之見，響應朝廷的號召，一心匡扶唐室，為平息叛亂盡自己綿薄之力，這也是這一屆百家論道大會的主題。願意為這個目標而結盟的豪傑請留下來，不願意的咱們也不勉強，便由此間的主人恭送離開。」

紫光道長忙附和道：「不願意結盟的豪傑，請隨知客道童去後殿用餐，然後由貧道親自相送；願意擁立李先生為華夏門盟主的就請留下來，咱們再舉行正式的結盟大典。」

紫光道長說得客氣，但明顯已下了逐客令。摩門眾弟子在群雄的鼓噪聲中悄然而退，雖然有點鎩羽而歸的味道，但依然保持著原來的肅然和井然。在所有鼓噪起鬨的人群中，只有任天翔在遙望著漸漸遠去的摩門聖女，眼中顯得有些失落。

「別看了！人家已經走了！」小薇突然在任天翔耳邊吹了口氣，將他嚇了一跳。轉頭見小薇眼中隱約有些悻悻之色，任天翔忙陪笑道：「看你說的，我只是好奇她一個天真爛漫的小姑娘，怎麼會做了摩門的聖女？」

「你好像跟她很熟的樣子？」小薇用懷疑的目光打量著任天翔，「她要不認識你，在最後關頭為何會輕易就放過你？」

「也不是很熟，只是見過一面而已。」見小薇眼中閃出強烈的探究之色，任天翔心知這個時候說這個實在有些不合適，忙轉開話題道，「咦！司馬瑜呢？他怎麼不見了？」

小薇轉頭望去，就見孔府弟子群中，司馬瑜和他那幾個隨從已經不見了蹤影。她不禁奇道：「他很重要嗎？你這麼關心他？」

任天翔神情怔忡地遙望遠方，喃喃噢道：「當然很重要，司馬瑜不會就這麼認輸，他一定還有陰謀。」

任天翔雖然有這擔憂，但卻猜不到司馬瑜還有什麼手段。見群雄都在亂哄哄重新舉行結盟大典，共推李泌為盟主，他只得將司馬瑜放下，率義門眾人擁戴李泌出任盟主，並聽發佈來自靈武和河北前線的最新軍情及消息。

群雄正熱鬧喧囂之時，突聽門外號炮聲響，跟著就見一名岱廟的知客道童跌跌撞撞衝了進來，結結巴巴地對紫光道長稟報：「不……不好了！有……有好多兵馬將咱們包圍起來了！」

「是哪部兵馬？」紫光道長忙問。他知道泰州附近並無叛軍大部隊，小股遊騎對上千武功高強的江湖豪傑，完全構不成威脅，所以心中並不驚慌。

「不、不知道！」小道童結結巴巴地答道，「只看到旗幟上寫著『尹』字。」

紫光道長神情一震，與李泌交換了一個眼神，然後示意道：「請先生隨我登上岱廟高處看個究竟。」

幾個掌門在紫光道長帶領下，陪同李泌登上了岱廟最高的樓臺，眾人放眼望去，但見偌大的岱廟已被無數兵馬圍了個水泄不通。

在正門方向，一桿帥旗在朔風下獵獵飛舞，旗下除了幾名打扮各異的蠻族將領，還有一位青衫如柳的文士，赫然就是方才失蹤了的司馬瑜。

在他身旁，一將身材頎長，面目猙獰，儼然有大將之風。立刻就有江湖豪傑小聲驚呼：「是尹子奇！叛將史思明手下有名的大將！叛軍大隊人馬，這麼快就殺到泰州了？」

「是那個殺人不眨眼的傢伙？」有人失聲驚呼，「聽說博陵崔家合族上下，便是葬送在這個殺人魔王手裏！」

博陵崔家合族被屠的消息，已經在江湖上傳遍，群雄聽說包圍岱廟的將領，便是將博陵崔家滅門的尹子奇，神情皆是大變。

眾人剛開始還沒將叛軍放在眼裏，待登上高處才看到，叛軍的旗幟延綿不絕，不知幾許，眾人雖是刀頭舔血的漢子，卻也是第一次見到如此浩大的聲勢，心中震撼不言自明。

「真不要臉！」寂靜中，突聽任天翔小聲罵道，「都是江湖中人，不依江湖規矩，卻調動大軍來對付咱們，以後這司馬公子的名聲，在江湖上算是砸了。」

小薇質問道：「公子方才不是說，兩軍交戰，需無所不用其極麼？為何現在又這樣說那司馬公子？」

任天翔好奇地望了小薇一眼，問道：「你對那司馬公子似乎頗有好感，每次我說他，你都要為他辯護，莫非你跟他認識？」

小薇一怔，笑道：「我一個出身卑微的女子，怎會認識司馬公子這樣的人物？」

「也對。」任天翔若有所思地點點頭，故意調侃道，「這司馬瑜不管怎麼說，長得還真是一表人才，是個女人都會對他動心，你對他有好感也很正常，我能理解。」

任天翔故意開這樣的玩笑，原本是冒著被小薇「肉體懲罰」的危險。誰知這次小薇沒像往常那樣掐他，反而若無其事地轉開目光，似乎給他來了個默認，讓任天翔心中奇怪不已。

「裏面的人聽著！」門外突然傳來一名叛軍將領的高喝，「咱們是大燕國史思明將軍麾下大將尹子奇的部隊，目前已經佔領泰州全境。爾等不用驚慌，只要歸順我大燕國，任何人都不會受到傷害。」

紫光道長朗聲問道：「岱廟乃道家聖地，廟內皆是方外之人，將軍為何率大軍重重包圍？」

「方外之人？」那將領冷哼道，「方外之人為何竟敢聯絡中原武林各派，意圖結盟對抗我大燕？本來江湖事江湖了，尹將軍也不想插手江湖紛爭，不過現在你們中間，卻有一個大唐朝廷的代表人物！如果你們要表明自己與大唐朝廷沒有勾結，必須將這個人交出來，不然大軍將踏平岱廟，屆時必定雞犬不留！」

眾人的目光齊刷刷轉到李泌臉上，不少人開始小聲議論起來，顯然在不少人心目中，對大唐朝廷的忠心比不上自己性命重要，已有不少人開始小聲嘀咕，是否將李泌交出去，暫時避過近在眼前的威脅。

「大家千萬不要上當！」任天翔越眾而出，大聲道，「叛軍為何不直接攻入岱廟捉拿李泌？那是因為怕我們擰成一股繩，與他們拼死相抗。叛軍人數雖多，但現在這岱廟中聚集了中原武林各派之精英，一旦聯手抗敵，叛軍決計討不了好去。如果咱們將李泌交了出去，便是向叛軍屈膝投降，剛成立的華夏門便宣告土崩瓦解，再難以合力抗敵，屆時咱們在場所有人，便都任由叛軍屠戮宰割，再無反抗之力！」

群雄聞言皆暗自點頭，不過也有人高聲喝道：「但是以咱們在場一兩千人，何以抗擊叛軍數萬之眾？咱們就算拼死一搏，也不過是給叛軍製造一點損失而已。」

「大家不用驚慌！如果沒有點準備，在下豈敢帶著聖上的聖旨前來與中原群雄相見？」李泌接口道，「大家請堅守片刻，很快便有援軍趕到！」說著，他對裴文智微一頷首，裴文智立刻從懷中拿出一枚信炮對天拉響，就見信炮在高空炸開，燦爛的煙火在暮色將至的空中陡然綻開，數十里之外都能看到。

岱廟外的叛軍一見之下心知有異，就聽方才那將領高喝：「給你們十息時間，再不交出李泌，咱們便要發起進攻，屆時廟內所有人等，一律格殺勿論！」

群雄中雖然也有人想交出李泌保命，但這樣的人畢竟是少數，而大多數人在聽了李泌方才的話後，都有了幾分信心。畢竟在中原群雄心目中，大唐朝廷才是天下正統，不到萬不得已，是不會向來自北方的蠻族投降。

隨著大門外一聲聲催命般的數息聲，群雄皆拔出兵刃做好了力戰的準備。十息很快過去，就聽四周響起一陣群蠅齊飛的「嗡」聲，無數箭羽如密集的雨點，越過岱廟的高牆飛射而入，落到密集的人群之中，人叢中頓時響起一連串的慘呼痛叫，不少人已中箭倒地。

「快退入大殿！」李泌急忙高呼。群雄急忙攙扶起受傷的同伴，慌忙退入大殿之內。他們只防著叛軍的突擊，卻沒料到叛軍如此密集的箭雨，在叛軍第一輪齊射之時，就有不少人中箭受傷。

三輪箭雨過後，叛軍的騎兵昂然縱馬而入，猶如旋風般衝入了岱廟大門，將各大殿堂中的江湖群雄分割包圍起來。

江湖群雄雖然武功高強，人數也不算少，但在訓練有素的叛軍騎兵面前，卻是一群烏合之眾，在叛軍井然有序又威力強大的攻勢面前，幾乎就沒有多少還手之力。戰鬥眼看就要變成一場屠殺，一場由叛軍主持、對毫無戰爭經驗的中原群雄進行分割包圍、各個擊破的屠殺。

看到叛軍有條不紊地在進行屠殺前的準備，任天翔恍然大悟：原來，這才是司馬瑜最後的手段！不能將將孔傳宗或摩門聖女扶上華夏門盟主之位，便要將整個中原武林精英全部剿滅！

只是現在明白已有些太遲，就算有少數高手能突出叛軍重圍，又如何應付在外圍伺機而動的摩門眾高手？甚至還有薩滿教高手。中原武林各派精銳，眼看便要一戰而滅。

不過令任天翔奇怪的是，李泌看起來似乎一點不急，只是不住抬首遙望遠方。任天翔很快就從他眼中看到了一絲欣慰之色，似乎眼前這危局正是他期待已久的結果。

遠方傳來隱約的呼喝吶喊，聲勢之大令群雄咂舌。就見原本從容不迫、井然有序的叛軍騎兵開始焦躁起來，在向群雄據守的大殿發起了幾次草率的衝擊之後，便丟下幾具屍體匆匆撤離。

在高處瞭望的任俠興奮地對任天翔稟報：「叛軍撤了！好像有援軍來救咱們，看聲勢比叛軍強大數倍，最前方的帥旗上好像是個『顏』字。」

任天翔望向李泌，眼裏滿是敬佩：「原來李兄早有張良計，害我白白擔心了半天。」

李泌捋鬚笑道：「為兄心知百家論道這樣的盛會，很有可能引來叛軍的關注，所以在趕到泰州之前，為兄持聖上手諭去平原郡面見了平原太守顏真卿。他是安祿山轄區的義軍盟主，得到了河北、山東諸郡縣近二十萬唐軍的擁護。他們的戰鬥力不能與叛軍相提並論，不過也能夠給叛軍造成一定的威脅。尤其是尹子奇率輕騎連夜冒進，千里奔襲泰州，最怕被大軍重重包圍，所以聽到顏大人率大軍在泰州城外出現的消息，以為這是個圈套，當然要迫不及待地撤走。」

「原來如此！」任天翔恍然大悟，「李兄算無遺策，這回那司馬瑜算是遇到真正的對手了！」

說話間，就見大門外傳來群雄的歡呼，卻是唐軍的先頭部隊已經趕到岱廟。不多時，就見平原太守顏真卿在眾人蜂擁下來到大殿前方，與李泌等人匯合一處。

眾人先救助了傷者，然後聽李泌當眾宣布朝廷對顏真卿新的任命，並對所有在安祿山轄區堅持抵抗的義軍將領進行了勉勵和晉升。

自戰亂爆發以來，眾人已經有許久沒有聽到過朝廷的消息，如今得知太子李亨在靈武繼位，並在郭子儀、李光弼等將領擁護下豎起平叛大旗，眾人皆倍受鼓舞，紛紛望西而拜，向新登基的李亨表示效忠。

李泌在以官方身分封賞和勉勵了各路義軍將領之後，又以新結盟的華夏門盟主身分，分別約見了各派主要首腦，以佈置各路江湖豪傑抵抗叛軍的事宜。任天翔身為義門新門主，自然也在李泌約見之列，不過直到當日深夜，他才在岱廟後方一座偏殿中，再次見到了李泌。

被一名儒門劍士帶到那座偏殿中的時候，任天翔驚訝地發現，李泌雖然操勞了一整天，卻依舊神采奕奕，不見一絲疲態。

在他身旁，儒門劍士肖敬天也赫然在側，二人顯然已經商議了很久，現在正對著書案上的地圖沉思不語。

聽到任天翔進來，李泌從書案上抬起頭，對任天翔招手笑道：「任兄弟來得正好，今日瑣事千頭萬緒，為兄冷落了兄弟。」

任天翔理解地道：「李兄如今是朝廷重臣，需日理萬機，能在百忙中抽空見我，那是小弟的榮幸。」

李泌擺手道：「任兄弟誤會了，我協助聖上匡扶唐室，剿匪平叛，絕非是為了功名利祿或入閣拜相，所以為兄一直是以布衣之身輔佐聖上。為兄直到現在，除了一個元帥府長史的虛銜，沒有任何別的官職。就連這華夏門盟主的稱號，也是為形勢所迫，不得已暫領而已。所以任兄弟在為兄面前，完全不必有半分拘謹。」

任天翔心知憑李泌的才幹和與李亨的交情，新朝廷理應由他做宰相才對，沒想到他到現在竟然還是以近乎布衣的身分輔佐新帝。這令任天翔肅然起敬，連忙拱手拜道：「李兄之心胸非我輩可比，實在令小弟嘆服。」

李泌對任天翔的恭維渾不在意，卻憂心忡忡地望著面前的書案。任天翔走近兩步一看，就見書案上鋪著一張巨大的地圖，上面標注有不同顏色的箭頭和旗幟，任天翔不用問也知道，這定是唐軍與叛軍最新的對陣圖。

「自從太子殿下登基之後，不知這局勢有何變化？」任天翔有些好奇地問。話剛出口，他就有些後悔，心知這涉及到朝廷的最高機密，實在不該他一個普通人過問。

「任兄弟來看。」李泌倒是對他毫無保留，指向地圖講解道，「安祿山自范陽起兵以來，僅用了一個多月便攻佔了大唐東西兩京，這看起來似乎范陽鐵騎已不可阻擋。不過細究起來，一方面是叛軍占了突然興兵的優勢，另一方面，也是大唐帝國府地兵力空虛，重兵都放在了邊關各地。現在四方邊軍得知太子登基的消息，紛紛率軍從各地趕來勤王，其中戰鬥力最強的朔方軍已經和范陽叛軍交過手，朔方軍在郭子儀和李光弼率領下，已多次打敗過叛軍勁旅，粉碎了叛軍對新朝廷的圍剿。」

聽到老朋友郭子儀建功立業，任天翔也不禁為他感到高興。

就聽李泌指向地圖繼續講解道：「現在安西軍、河西軍也趕到了靈武，你向陛下推薦的猛將李嗣業，也率五千河西軍精銳趕到，這西面戰場在各路勤王兵馬支持下，已經徹底穩住陣腳。」李泌說著指向地圖的上方，「而東線戰場有顏真卿和他率領的二十萬義軍，拖住了史思明、尹子奇十多萬大軍，局勢正在向有利於咱們的一方轉變。」

別人聽到這樣的好消息，一定會為之高興，但任天翔卻從李泌略顯誇張的言談中，看到了他心中深深隱藏著的憂慮。任天翔便開門見山地問道：

「李兄最後才見我，一定有最艱難的任務託付給我和義門。我和眾義門兄弟雖不是朝廷命官，但也盼望著早一天勘平戰亂，還天下以太平，並願為這個目標盡自己綿薄之力。所以有什麼託付李兄儘管開口，只要是為了平叛大業，小弟無不從命。」

李泌深深地盯著任天翔沉默了片刻，最後搖頭嘆道：「任兄弟越發成熟了，什麼也瞞不過你。」說著，他緩緩指向地圖，望著任天翔問，「你覺得現在咱們最大的擔憂應該是什麼？」

任天翔對著地圖查看了片刻，徐徐道：「是糧餉！」

李泌眼中閃過一絲欣賞，頷首問：「為什麼是糧餉？」

任天翔指向地圖道：「各路勤王兵馬齊聚靈武，聲勢雖大，但對糧餉的壓力也一下子凸顯出來。中原有三大糧倉，關中、巴蜀和江淮。如今關中已成戰場，且大半為叛軍佔領，原本存積於各州府庫倉的糧食也大多落入叛軍之手，要想從關中籌集到糧餉幾乎就不可能；巴蜀為天府之國，又沒有遭到戰爭的破壞，錢糧豐沛，但蜀道艱難，要想從巴蜀調運足夠勤王大軍所用的糧餉，那是難如登天；所以大唐的命運，軍事上繫於郭子儀、李光弼、李嗣業等將領所率的邊軍，經濟上則繫於江淮。江淮富庶天下，也是朝廷最後的糧倉和錢庫，如果江淮有失，朝廷錢糧斷絕，這仗便沒法再打下去。」

李泌眼中滿是讚賞，頷首道：「所以江淮的安寧，是僅次於聖上安危的要害。如今聖上剛在靈武登基，身邊兵少將寡，實在無力分兵守護江淮，所以江淮與靈武之間的交通安全，我託付給了以商門為首的中原豪傑，而江淮本身的安危，就只能寄託於留守的唐軍了。」

任天翔審視著地圖道：「江淮之前的燕趙之地，有顏真卿所率二十萬義軍，應該能抵擋一陣吧？」

李泌搖頭道：「顏帥忠義雖然不容質疑，但畢竟是文人出身，帶兵打仗並不在行，而且他所率義軍都是疏於訓練的內地府兵，戰力與叛軍根本不在一個層次，絕對不可能阻擋叛軍南下。江淮之重要我們清楚，叛軍同樣知道。安祿山必派大軍揮師南下，以隔斷朝廷的生命線，搶佔朝廷這最後的糧倉。他們在擊敗顏帥的二十萬義軍之後，必定揮師猛攻江淮最後這兩道門戶。」

任天翔隨著李泌所指望去，立刻就看到了那兩個不同尋常的地名——南陽與睢陽。

他疑惑地從地圖上抬起頭：「李兄的意思是，要義門兄弟協助守衛這通往江淮的最後屏障？」

李泌肅然道：「南陽有魯炅守衛，問題還不大；睢陽現在是由許遠和張巡在守衛，二人忠義不容置疑，能力也是可圈可點。尤其是那張巡，雖是儒門進士出身，戰亂爆發前也只是小小真源縣縣令，但卻在雍丘多次擊敗叛臣令狐潮的圍困，展現了他過人的勇氣和守城藝術。現在有他協助許遠守睢陽，加上有肖大俠率儒門劍士協助，我本不該擔心，但睢陽太重要了，萬萬不能有失。義門是墨家傳人，而墨子曾經是史上最優秀的守城大師……」

「我懂了！」任天翔坦然道，「我會率義門弟子協助許遠、張巡和肖大俠守衛睢陽，力保江淮不失。」

李泌點點頭，分別拉起任天翔和肖敬天的手，讓二人的手握在一起，然後神情凝重地道：「睢陽之重，關係全局，因此我希望儒門、義門能通力協作，協助張巡、許遠守住這通往江淮的最後屏障。」

任天翔與肖敬天對望一眼，慨然點頭道：「多謝李兄信任，咱們必定竭盡所能，助唐軍守住睢陽，為前方將士守住江淮這最後的糧倉！」

李泌緊緊拉著二人的手，神情異樣地低聲道：「睢陽……就託付給兩位義士了！」

第八章 守城

與長安、洛陽等大都市的巍峨堂皇比起來，
睢陽最高的城樓也如同是個不起眼的小土門子。
沒想到就一座由四個小土門子加一圈低矮的城牆圍成的彈丸之地，
竟成為了保護江淮糧倉的最後屏障。

睢陽是座小城，當任天翔懷揣李泌的推薦信，帶著義門眾人來到城外，便驚詫於它城樓的低矮和破舊。與長安、洛陽等大都市的巍峨堂皇比起來，睢陽最高的城樓也如同是個不起眼的小土門子。沒想到就這樣一座由四個小土門子加一圈低矮的城牆圍成的彈丸之地，竟成為了保護江淮糧倉的最後屏障。

前方傳來密集的馬蹄，任天翔抬首望去，就見以肖敬天為首的八名儒門劍士也正好趕到。除了他們，還有十多名背負長劍、氣質英武的儒士跟隨。看得出這些年輕的儒士也是研武院出身的儒門精銳，看年紀都不大，卻都透著凜凜的英氣。

「沒想到任門主也到了！」肖敬天率先迎上來，勒馬拱手道，「能與義門眾士共事，那是肖某的榮幸。」

任天翔忙還禮笑道：「肖大俠客氣了，我這門主不過是托先父的餘威，怎敢與肖大俠這樣的儒門劍士相提並論。肖大俠如不嫌棄，叫我一聲兄弟就好，這門主之稱萬萬不敢當！」

在百家論道的盛會上，肖敬天見識過任天翔的風采，今見他如此謙虛，心中最後一點芥蒂也消散殆盡。他滿心歡喜地上前握住任天翔的手，呵呵笑道：

「任門主既然如此說，肖某就托大叫你一聲任兄弟，以後儒門與義門便都是華夏門的兄弟，再不分彼此。」

「小弟正有此意。」任天翔鼓掌笑道，他心知坦誠相待對共守睢陽的重要性，因此對肖敬天的提議自然是滿心歡喜。分別與幾名儒門劍士見禮後，他四下張望道，「怎麼沒見最能言善辯的劍士邱厚禮？」

肖敬天冷哼了一聲：「那混蛋勾結叛賊，暗算冷門主，咱們還沒找他算賬呢，他還敢來？」

任天翔奇道：「冷門主遇刺的事，肖兄查清楚了？」

肖敬天點點頭，恨聲道：「幸好冷門主和孟兄弟遇刺時，裴兄弟在場，是他帶著冷門主的信物和遺命逃離險地，才讓咱們得知真相。邱厚禮雖然沒有參與刺殺冷門主，但他跟刺殺冷門主的凶手走在一起，這事他一定脫不了干係。」

在肖敬天示意下，裴文智便將冷浩峰在孔府遇刺的經過簡單講述了一遍，任天翔這才得知，冷浩峰遇刺原來是出自司馬瑜之安排。現在儒門中人得知真相，難怪對義門心存愧疚。如今雙方冰釋前嫌，攜手進入睢陽城，卻不知道等待他們的，將是天地間最為慘烈的考驗。

憑著李泌的信物和推薦信，眾人很快就見到了睢陽的兩位主帥——張巡和許遠。

睢陽的最高官員原本是面容和藹、身材矮胖的太守許遠，不過他知道自己的才能不足以保衛睢陽這座關鍵的城池，因此邀請曾在雍丘三度打退叛軍包圍的真源縣令張巡來助自己守衛睢陽，並將全軍最高指揮權拱手相讓。張巡帶著自己兩千多殘兵趕到，接過了睢陽全軍的帥印，成為了睢陽城六千多兵將的最高統帥。

現在這個瘦骨嶙峋、身披甲胄的儒士，正在仔細審視著李泌的舉薦信。他跟許遠是截然不同的兩個人，即便任天翔有李泌的舉薦信，張巡的臉上依然沒有一絲起碼的尊敬，只有說不出的冷峻和懷疑。

「睢陽不需要閒人。」張巡將信還給了任天翔，毫不客氣地道，「儒門劍士天下馳名，李大人推薦他們到睢陽效命，我還可以理解。不知道任公子有何本領，能讓李大人如此推崇？你能為睢陽做什麼？」

任天翔笑道：「聽說張大人在雍丘曾面對十倍於己的敵人包圍，不知大人在守衛雍丘之時，敵人最令你頭痛的攻城武器是什麼？」

張巡想了想，毫不遲疑道：「是雲霄戰車。它比咱們的城樓還要高，對守城將士是一個不小的威脅。每次敵人出動雲霄戰車，咱們都得拼死衝出城去將之破壞，或挖陷阱來對付它。」

任天翔從懷中拿出一卷宣紙，挑出一張呈到張巡面前。張巡接過一看，就見那是一張詳盡的圖紙，上面繪製的是一種從未見過的機械，下方標注有它的名字——石炮。

張巡也是絕頂聰明之人，仔細將圖看了又看，最後擊案叫道：「好個石炮！當初我要有這東西，那雲霄戰車就是一堆廢物！這、這是任公子設計的？」

任天翔笑道：「這是出自義門祖師墨翟之手，早已失傳千年，在下不過是機緣巧合，得到了墨家失傳千年的秘典。這只是其中一種守城器械，還有多種守城器具，在下還未畫出來。」

張巡大喜過望，親自來到任天翔面前，拱手拜道：「早聽說墨者擅守，沒想到公子竟是墨家傳人，身懷墨家失傳千年守城利器。有公子助我，何懼叛軍圍攻？」說著他挽起任天翔的手，「公子能否為我建造這些守城利器，讓墨家失傳千年的秘技重放光芒？」

任天翔點頭笑道：「這也是李大人推薦我到睢陽的目的，不過我有一個條件。」

張巡忙道：「請講！」

任天翔正色道：「睢陽所有工匠、物資俱歸我調用，任何人不得干涉我的自由。」

張巡立刻點頭答應：「沒問題，從現在起，睢陽所有工匠、物資俱歸任公子調用，任何人包括我和許大人在內，都不會干涉公子自由。」

張巡這種用人不疑的態度，令任天翔打消了心中最後一絲顧慮，他慨然道：「好！就讓咱們墨家的守城利器，為張大人守衛睢陽略盡綿薄之力！」

有了張巡的全力支持，任天翔立刻投入到緊張的工作中。他先將墨家古卷中記載的那些圖紙繪製出來，然後令工匠照圖施工。

有睢陽全城的工匠和物資支持，他的工作進展很快。那些原本還停留在圖紙上的石炮、巨弩、投石車、連擊弩等等器械，很快就在眾多能工巧匠的努力下，變成了一具具嶄新的器械，源源不斷地運上睢陽城頭。

不到三個月時間，睢陽守軍就裝備了數十架新型投石車，上百具石炮，數百具巨弩和上千柄連擊弩。其他器械如力拒、火弩更是不計其數。睢陽守軍八千多人，卻裝備了當時最多和最先進的守城器械，成為一支前所未有的「機械化部隊」。

戰局的發展完全如李泌所料，顏真卿和他率領的二十萬義軍，在尹子奇十三萬大軍進攻之下，很快就土崩瓦解，河北、齊魯諸郡，很快又重新落入叛軍之手。叛軍幾乎未做休整，便揮師南下，意圖一舉摧毀大唐帝國最後的糧倉，截斷江淮錢糧對靈武前線的支持。睢陽成為大唐和偽燕必爭之地！

夕陽的餘暉下，叛軍漫山遍野的旌旗和營帳，令睢陽守軍相顧失色。雖然早有情報說叛軍有十三萬之眾，但守軍很多人對十三萬並沒有個明確的概念，直到看到城外那看不到盡頭的旌旗和營帳，眾人這才直觀地意識到眾寡之懸殊和叛軍聲勢之浩大。

「今晚馬不解鞍，兵不卸甲，準備後半夜劫營。」城頭之上，正在觀察敵勢的張巡突然對身邊幾名主要將領下達了命令。眾人面面相覷，相顧變色。睢陽守軍不到八千人，竟然要主動進攻十三萬大軍，這在常人看來無異於找死。

只有任天翔暗自頷首，暗忖道：看來這張巡確有過人之處，敢以絕對弱勢的兵力進攻對方大軍，就這份果敢已非常人能及，也許劫營給敵人並不會造成多大損失，但是卻能提振守軍的信心。尤其是在這個人心惶惶、被叛軍聲勢震駭的時刻，一場微不足道的小勝，也可讓睢陽將士安下心來。

當天夜裏，剛剛入睡的叛軍被城頭上敲鑼打鼓的聲音驚醒，慌慌張張起來一看，才發現守軍只是在鼓噪騷擾，並沒有在真的出城劫營。眾將一面嘲笑守軍虛張聲勢，一面令部卒歸營歇息。

守軍一連鬧了四五次，直到叛軍徹底麻痺，對守軍的鼓噪呼喝再不搭理，一千多名劫營的騎兵才在城頭同伴的呼喝掩護下，悄然殺到叛軍大帳，直到點燃十多座營帳，斬殺數百名睡夢中的叛軍兵將，才令叛軍驚覺。

由於黑暗中不知對手有多少，叛軍不敢戀戰，紛紛後撤，直退出三十多里才重新穩住陣腳。回頭再看對手，已經從從容容地撤回城中。

尹子奇自范陽起兵以來，還很少被人如此戲弄，不禁氣得哇哇大叫，眼看天色將明，他迫不及待地下令：「命令全軍，暫以乾糧充饑，待攻下睢陽再埋鍋造飯，以敵人的屍首佐酒！」

在尹子奇指揮下，十三萬大軍分成兩部，一部將睢陽城圍了個水泄不通，另一部則向睢陽發起了進攻。

尹子奇所率南征大軍，包括了同羅、奚族和契丹等蠻族精銳，戰鬥力不容質疑。但由於沒有料到小小的睢陽在面對十三萬大軍竟然還敢堅守，因此尹子奇並沒有準備多少攻城器械。叛軍兵卒只能以最簡陋的雲梯搭上城牆，靠著兵卒的勇武往城頭攀爬，還好睢陽城牆不高，在尹子奇看來，爬上城牆擊潰守軍應該不難。

但是實戰卻令尹子奇大吃一驚，就見自己的部卒還沒有靠近城牆之時，即遭到城上弩箭的攻擊，但見箭鏃密集如雨，從城上傾瀉而下，其箭鏃之密集迅捷，直令人懷疑睢陽的守軍不是八千而是八萬。

尹子奇眼看著自己的兵卒還沒接近城牆就死傷過半，剩下的剛攀著雲梯尚未靠近城頭，就見城上伸出無數長逾數丈的木杆，杆頭剛好能扣住雲梯頂端，無數架雲梯就這樣被守軍推開，從城頭上紛紛摔倒，無數攀上雲梯的兵卒，就這樣生生被摔成了殘廢。

進攻整整持續了一天，叛軍除了在城下丟下數千具屍體，基本一無所獲。面對慘烈的戰場，尹子奇第一次意識到，自己遇到了范陽起兵以來最頑強的對手。

「立刻調集所有攻城器械，向睢陽聚集。」當尹子奇向副將下達這個命令的時候，部將頗有些不理解。在他看來，小小睢陽雖然在第一天就給南征的大軍造成了不小的麻煩，但畢竟只有不足八千人，實在沒必要小題大做。

「不要小看睢陽。」尹子奇像是看透了副將的疑惑，不禁解釋道，「睢陽守軍雖然不足八千之數，但他們有張巡，聽說還有儒門和義門高手助陣。一座城池是否堅固，城牆還在其次，更主要是在主將的意志和部將的忠誠，從這一點來說，睢陽是一座遠超洛陽、長安的堅城。」

那部將遲疑道：「咱們南征大軍意在江淮，為何不繞過睢陽直襲目標？」

尹子奇搖搖頭，指向地圖道：「咱們孤軍遠征，最弱的是漫長的後勤補給線，咱們若任由睢陽釘在咱們大軍的後方，一來後勤補給線極其危險，二來，我軍隨時有可能被睢陽守軍斷了後路，整個南征大軍都將陷入險地。所以我們必須拿下睢陽，方可圖謀江南。」

尹子奇以多年征戰的經驗，敏銳地感覺到奪取睢陽的重要和艱難，但是他卻沒有料到會如此艱難。他從後方調來的雲霄戰車、衝城車、投石車等攻城器械，先後被睢陽守軍的石炮、巨弩和火藥擊毀，曾經在原野上所向披靡的同羅、奚族和契丹騎兵，面對小小的睢陽城卻一籌莫展。他們更習慣在原野上殲滅對手，一旦放棄戰馬，他們的戰力起碼損失了一半。

除此之外，從洛陽傳來的消息也讓全軍將士心存疑慮，無法專心作戰。大燕皇帝安祿山的突然暴斃，在軍中引起了不小的猜疑和恐慌，都不知道新登基的安慶緒，會不會改變策略，調回南征大軍先保河北。所以睢陽的戰事一時間拖了下來，在幾次強攻無果之後，尹子奇為保存實力，對睢陽只圍不攻。這一圍就是五個多月，直到新登基的大燕皇帝安慶緒在洛陽坐穩江山之後，才向南征大軍派出了自己的特使司馬瑜，與司馬瑜同來的，還有精於攻城器械製造的公輸世家嫡系傳人公輸白。

「聖上剛繼承大寶，便令在下帶著他的聖旨親臨南征大軍，你可知道這意味著什麼？」在睢陽城巡視之時，司馬瑜突然冷冷地問。

隨行的尹子奇額上冷汗涔涔而下，忙道：「末將攻城不力，實在有負聖上重託。」

司馬瑜回頭望向尹子奇，見他一隻眼睛蒙著黑布，布上隱隱還有血水滲出，顯然是新傷不久。他淡淡問：「將軍眼睛怎麼了？」

尹子奇摸摸那隻受傷的眼睛，恨恨道：「末將中了守軍詭計，被人一箭射瞎一目。」

司馬瑜仔細一問，才知尹子奇一向小心，每次親臨前線，俱要帶十多名與自己模樣相似的替身隨行，並與他們身著同樣的服飾，使敵人在遠處無法分辨真假。誰知守軍卻故意令人射了一支帶著信函的箭羽，隨從不知是計，看到這樣一支箭，便自然而然地呈到尹子奇面前，暴露了尹子奇的身分。這時，守軍神箭手的箭便跟蹤而至，正好射中了尹子奇的眼睛。

「我知道將軍雖統帥有十三萬大軍，但面對的卻是最擅守城的張巡和眾多儒門、義門高手。」司馬瑜得知原委，語氣稍微和緩了一些，「我知道將軍已經盡力，但以十三萬之眾，在不足萬人的睢陽城外卻不得寸進，這實在是說不過去。你知道問題出在哪裡？」

「將軍有沒有很好地利用我公輸世家製造的攻城器械？」陪同司馬瑜巡城的公輸白忍不住插話問道，「憑我公輸世家的攻城器，就是潼關這樣的雄關也一攻而破，小小的睢陽又豈在話下？」

「我用了！」尹子奇急忙分辯，「無論是雲霄戰車還是投石器或攻城車，只要一推上前線，守軍便總有相應的守城器應對。守軍人數雖然不多，但各種高明的守城器層出不窮，末將攻下過無數城池，卻還從來沒有見過這麼多威力巨大的守城武器。聽說守軍中有墨家弟子，難怪公輸世家的攻城器在他們面前，幾乎形同廢物。」

「你……」公輸白勃然變色，忍不住就要發火，卻被司馬瑜抬手阻攔。此時三人已經巡視完整個睢陽城，就見司馬瑜突然抬手指向睢陽南門，沉聲道：「撤去此處的兵馬，三面合圍，網開一面。」

尹子奇有些奇怪：「這樣一來，守軍豈不趁機逃了？」

司馬瑜微微笑道：「我就是要他逃。咱們的目的是奪取睢陽，進而南下江淮，能否消滅睢陽守軍，這根本就微不足道。」

尹子奇恍然大悟，連連點頭：「末將明白了，我這就下令撤去南門的包圍。」

叛軍從南門撤離的消息，很快就傳遍了睢陽。被圍了整整五個月的睢陽守軍，不禁奔相走告，歡呼雀躍。

整整五個月的苦戰，睢陽守軍已經損失大半，現在還能作戰的已不足三千人，除了人員的損失，最要命是糧食的短缺，城中早已缺糧，每個人每天僅能分到一碗稀粥充饑，再往後，恐怕就連這每天一碗的稀粥也無法保證。睢陽守軍原本已抱著必死的信念，但現在南門的叛軍撤離，守軍突然看到了生的希望。他們不約而同地聚集到府衙前，等待著主帥下達突圍的命令。

等待了足有一個時辰，緊閉的府衙終於開了，睢陽城所有重要將領在張巡率領下魚貫而出，他們顯然已為這新的戰情討論了很久，現在終於達成了一致的意見。面對無數雙焦灼、期待的目光，張巡緩緩道：

「南門敵軍撤離的消息本帥已經知道，並與眾將仔細討論過，最後的決定是我們不走。就算敵人真要網開一面放咱們一條生路，我們也不會棄睢陽而去。」

滿懷期待的眾兵將不禁面面相覷，失望之情溢於言表，張巡見狀，坦然道：

「兄弟們，這五個多月以來，你們在內缺糧草、外無援軍的情況下，在數十倍范陽精銳的全力進攻中，以超過一半以上的犧牲，力保睢陽不失，已經創造了前所未有的奇蹟。現在敵人突然網開一面，咱們在這種情況下就算棄城突圍，我想無論朝廷還是世人，也都不會責怪咱們。所以你們的心情我非常理解，如果我們堅守的不是睢陽而是其他別的城池，我一定會率大家突圍。但是這裏是睢陽，是保衛江淮的最後一道屏障，如果睢陽失守，整個江南便都暴露在叛軍的鐵蹄之下，我們身後那一望無際的江淮平原，再無一座堅城可抵擋范陽鐵騎。我知道你們許多人都是江南子弟，你們的父老鄉親就在身後，如果我們棄睢陽而去，我們的親人就將面對范陽叛軍的屠刀，難道我們為了個人安危，忍心置我們的親人於不顧？」

將士們安靜下來，張巡的話擊中了他們心底最脆弱的神經，睢陽已是江南最後一道屏障，睢陽失守、意味著他們的家鄉失守，他們怎忍心讓父老妻兒暴露在范陽匪兵的屠刀之下？許多將士漸漸平靜下來，臉上重新煥發出原有的堅毅和果敢。

不過，也有人心有不甘地質問：

「張大人，我們不是不知道睢陽的重要，但是現在城中糧食已經斷絕多日，沒有糧食，你讓我們如何守？」

望著一張張因饑餓而滿面浮腫的臉，張巡的眼中隱隱泛起一絲晶瑩的淚花，他對眾將士緩緩點了點頭：「不錯，沒有糧食，我們不可能再堅持多久。不過請你們放心，我們很快就會有糧食，我保證。」

「很快是多久？」有人不依不饒地追問。

張巡眼中閃過一絲艱難和遲疑，但最後卻毅然點頭道：「很快就是馬上，就是現在。」他轉向身後的隨從，低聲吩咐，「去請夫人出來。」

隨從應聲而去，不一會兒，就領著一個女人從後堂出來。那是張巡的小妾，因最得張巡寵愛，所以即便轉戰多地，張巡也一直將她帶在身邊。

就見這個曾經如鮮花般美麗的女子，如今也因饑餓變得形銷骨立，如缺水的花朵般枯萎。面對眾將士狐疑的目光，她忍不住低聲問：「大人，又不是分發糧食，你急急地叫賤妾出來做甚？」

張巡臉上泛起一絲古怪的微笑，澀聲道：「有糧食了，所以特請夫人出來。」

說著，他從懷中掏出半個乾硬的饃饃，女人雖然心有疑惑，但饑餓讓她失去了思考的能力和淑女的風範，一把搶過饃饃，背轉身便塞入口中，剛啃得兩口卻又想起夫君，忙掰下一半遞給張巡，柔聲道：「夫君你也吃點，你也有好些天沒吃過真正的糧食了。」

張巡勉強笑道：「我已經吃過，這是特意給你留的。」

女人聽到這話，便不再謙讓，三兩口便將半個饃饃塞入口中。看到她差點被噎著，張巡心痛地將她攬入懷中，柔聲道：「慢點，不要著急，吃完這頓，你以後都不會再餓了。」

女人聽這話有些奇怪，正要動問，突然感覺心窩一痛，低頭一看，就見一柄匕首已全部刺入自己心窩。她艱澀地抬起頭來，望著淚流滿面的夫君，心中像是明白了什麼，臉上突然閃過莫名的恐懼，嘶聲尖叫：「不！不要……」

張巡猛地拔出匕首，女人胸前的血立刻如噴泉般湧出，她的尖叫也戛然而止，身體也慢慢軟倒在地。

張巡低頭對她拜了三拜，轉身對滿面詫異的將士們哽咽道：「睢陽斷糧多日，巡恨不能割肉為糧，以解眾將士之饑，奈何巡身為全軍統帥，肩負著守衛睢陽的重任，這條賤命不能輕易拋卻，只好殺了自己女人，充作軍糧。」說著轉頭對幾名伙夫高呼，「來人，將她煮了，給將士們充饑！」

眾將士盡皆駭然，不約而同跪倒在地，紛紛哽咽難言。

一旁的許遠見狀，不由仰天嘆道：「壯哉！張巡，我果然沒有看錯你。」說著，他突然拔刀砍倒自己兩名僮僕，對眾將士高聲道，「一人不夠全軍食用，我再添上幾人，以解全軍之饑。」

眾將士哭聲震天，紛紛拜倒在地。

就聽張巡昂然道：「睢陽不僅是江淮最後的屏障，也是我大唐命脈所在，與江淮數百萬百姓，與天下數千萬人的安危比起來，睢陽滿城軍民，包括我張巡在內，皆微不足道。」

就是滿城軍民盡皆殉國，睢陽也不能棄。有我張巡在，便是人在城在，人亡城亡。以後誰再言棄城突圍，斬！」

眾兵將紛紛拜倒，哭聲震天地高呼：「誓與睢陽共存亡！」

在張巡殺妾的整個過程中，義門與儒門眾劍士俱親眼目睹，即便是這些心志比常人堅韌百倍的劍士，也不禁相顧駭然。任天翔更是駭然嘆息：「張大人簡直是瘋了！」

「我倒是覺得，張大人才是我儒門中人的楷模。」肖敬天卻是滿臉欽佩，點頭讚道，「為天下之安寧，不惜犧牲自己的女人以激勵全軍士氣，這難道不是忠君報國的最高境界？」

任天翔聞言不禁質問道：「為什麼要犧牲女人？」

「因為女人是弱者。」肖敬天坦然道，「在這場殘酷的戰爭中，女人除了空耗糧食，幾乎形同廢物，張大人此舉無疑是一種萬不得已的選擇。其實這種犧牲跟男人們在戰鬥中犧牲並無本質的不同，都是讓這該死的戰爭逼的。」

任天翔還想爭辯，張嘴卻不知從何辯起。

就在這時，突見有兵卒飛奔而至，老遠就在高叫：「張大人，城下有敵軍將領喊話，要與張大人對話。」

張巡沉聲道：「喊話的是誰？如果不是敵帥尹子奇，你大可不必搭理。」

那小卒氣喘吁吁地道：「是由尹子奇陪同而來的一個文士，看叛軍將士對他的態度，地位似乎還在尹子奇之上。」

張巡眼中閃過一絲驚訝，抹去淚水揮手道：「走！去看看！」

眾人登上城頭，就見城下是一名青衫文士，看起來年歲不大，但以尹子奇為首的敵軍主要將帥，卻都尾隨其後，可見他的地位確實比尹子奇還高。睢陽守軍大多不識此人，不過任天翔對他卻是再熟悉不過，那是他的姑表兄弟，司馬世家嫡傳弟子司馬瑜。

見張巡等人登上了城樓，司馬瑜越眾而出，來到城下遙遙問：「不知哪位是張巡張大人？」

張巡傲然道：「本帥在此，不知閣下有何指教？」

司馬瑜仔細打量了張巡片刻，微微頷首道：「久仰張大人威名，今日一見，果然有非凡之貌，令人一見難忘。」

張巡身旁的猛將南霽雲暴然喝道：「有話快說，有屁快放，別耽誤咱們大人的時間。」

司馬瑜微微嘆道：「我一直很奇怪，是什麼樣的人竟能以不足七千的殘兵，擋住我南征大軍十三萬人，在內無糧草、外無援軍的情況下依然堅守睢陽？今日待見張大人之面，才知大人果非常人。不過現在睢陽已兵微將寡，糧草斷絕，再堅持下去不過是徒增傷亡。在下與大人同為儒門弟子，怎忍心見你與睢陽玉石俱焚，因此特網開一面，讓大人率守軍體面地離開睢陽。你們以不足七千的兵力，抵抗了我軍十三萬人五個多月，給我軍造成了數萬人的損失，這等赫赫戰功足以彪炳史冊，就算現在離開也沒人敢怪罪你們。我不知道你們為何還在猶豫不決，難道是害怕我軍在半道伏擊你們？如果是這樣，在下願身為人質，親自將你們送出百里之外。」

「呸！你也敢自稱儒門弟子？」張巡尚未開口，顏尊君已忍不住破口大罵，「身為讀書人，竟然叛君附逆，還有臉自稱儒門中人？我儒門弟子無不以忠義為先，哪有你這種助紂為虐的弟子？」

司馬瑜不以為然地道：「咱們不過是各為其主，並無私人仇怨，用不著這麼刻骨仇恨吧？」

儒門眾人還待再罵，卻已被張巡擺手阻止，就聽他淡淡問：「你真是網開一面，讓咱們平安離開？」

司馬瑜點頭道：「我已撤去南門外的防線，讓大軍後退百里，為你們讓出一條生路。

我與睢陽守軍並無深仇大恨，有什麼理由一定要將你們趕盡殺絕？」

張巡沉吟片刻，頷首道：「好，我們走！不過在撤離睢陽之前，我得派小股偵騎探查撤離路線，以策安全。」

司馬瑜點頭笑道：「沒問題，我給你們一夜時間撤離，天明之時，我軍將進入睢陽。如果睢陽城中還有活物，將被全部屠滅，雞犬不留。」說完他策馬就走，不再多言。

司馬瑜這幾句話說得輕描淡寫，但絕對沒人敢懷疑他的手段和決心。

眾人望向張巡，就聽他波瀾不興地淡淡道：「南八，你準備一下，今晚從南門出城。」

南八是南霽雲的小名，他是張巡手下第一猛將，聽張巡如此吩咐，他不解地問：「咱們真要撤出睢陽？」

張巡冷哼道：「當然不是。我要你今晚在儒門劍士護送下，利用這機會衝出包圍，向河南節度使和附近郡縣的守軍求救，要他們派兵增援睢陽，除此之外，咱們還需要糧食救急，睢陽的安危就維繫在你們身上了。」

南霽雲恍然大悟，慨然點頭道：「末將一定不辜負大人重託，定率援軍解睢陽之圍。」

當天夜裏，南霽雲在三十名儒門劍士和精兵護送下，利用司馬瑜網開一面的機會，輕易就突破叛軍包圍圈，直奔離睢陽最近的城池。而睢陽守軍則在張巡率領下，連夜加固城上工事，做好了應付一切強攻的準備。

第二天清晨，看到睢陽城頭依舊飄揚的旌旗，司馬瑜氣得滿臉鐵青。一向算無遺策的他，因低估張巡守城的意志，第一次被人玩於股掌。矗立在睢陽城前，他冷著臉對尹子奇淡淡下令：「包圍全城，全力進攻，雞犬不留！」

睢陽再次被圍了個水泄不通，守城的兵將從城頭上看到，這一次叛軍與以前不同，他們圍著睢陽城築下了堅固的營寨，就像是在睢陽城外又築下了一座新城，顯示出拿下睢陽的意志和決心。睢陽守軍意識到，這一次叛軍是動真格的了，現在守軍再無可能突破叛軍嚴密的包圍，南霽雲和他的援軍成了睢陽最後的希望。

半個月後，南霽雲果然率援軍殺回睢陽，不過看到三千援軍在突破包圍進入睢陽時，僅剩一千多人，睢陽守軍的心涼了，這點人馬與十多萬叛軍比起來，簡直就微不足道，而且他們沒有帶來睢陽急需的糧食，反而多了一千多張吃飯的嘴。不過令人欣慰的是，護送南霽雲殺出重圍的三十名儒門劍士，除了兩人戰死，所有人又都隨南霽雲回到了睢陽。他們不是軍人，但僅憑對李泌的一個承諾，便都追隨南霽雲重新回到這座沒有任何希望的孤城。

「不會再有援軍了！」當南霽雲再次見到張巡時，不禁嚎啕大哭，愧疚地拜倒在地，「各郡縣守將皆擁兵自重，不願發兵來救睢陽，這三千人馬還是末將從故主那裏帶來，在突破重圍時已折損過半。除了這路人馬，睢陽不會再有援軍、也不會再有糧食了！」

張巡的心在下沉，他緩緩望向許遠，就見這個負責後勤保障的同僚艱難地搖搖頭：「我早已經沒有一粒糧食，甚至所有能吃的東西——老鼠、麻雀、蛇蟲，甚至屍體上長出的蛆蟲——也幾乎被搜刮乾淨，現在剩下的都是不能吃的了。」

張巡眼中滿是無奈，也充滿一絲絕決和堅毅，他微微頷首道：「看來，咱們得下決心了。這千秋功罪，便都由我張巡一個人來擔當吧。」

許遠有些心虛地低下頭，已不敢面對張巡的目光。就聽張巡平靜地道：「從明天開始，咱們將以一種新的軍糧充饑，籌糧隊今晚便行動吧。」

幾名將領面面相覷，眼中既有震駭，也有無奈和膽怯。這些從真源縣便追隨張巡起兵，先後轉戰雍丘、寧陵等地，出生入死、身經百戰、視生死如等閒的百戰勇將，眼中第一次出現了一種前所未有的恐懼和心虛，那神情就如同看到了傳說中的地獄。

軍糧

第九章

任天翔話剛出口，心中突然升起一種從未有過的恐懼，一股寒意瞬間瀰漫全身，令人從骨髓一直冷到靈魂。

他深深地盯著阿牛的眼眸，澀聲問，

「這是……張帥的意思？他知道你們在幹什麼？」

暮色漸漸降臨，籠罩著死寂如鬼蜮的睢陽城。這本是家家炊煙、戶戶團圓，一家老小圍坐桌旁，享受一日裏最豐盛晚餐的時刻，但是現在睢陽城看不到一縷炊煙，聽不到一聲歡笑，全城已經斷糧多日，實在不能想像全城六萬百姓，是如何生存下來。

任天翔帶著任俠、褚剛等人，最後一次巡視了城上的石炮、排弩、拒角等守城器械，並讓工匠將受損的器械仔細修繕。

靠著墨子傳下的這些守城利器，睢陽守軍在極端饑餓、戰鬥力劇減的情況下，依然堅守在睢陽城頭，這些墨家守城利器功不可沒。曾經將墨家弟子視為最大對手的公輸白，在睢陽的攻守戰中徹底完敗，公輸世家引以為傲的攻城利器，在墨家弟子面前一敗塗地，公輸白以范陽最精銳兵將加上公輸世家最精良的攻城武器，也攻不破由數千饑疲之兵守衛的睢陽城，就因為他們手中有墨家最完備的守城利器。

不過，墨子就算有天下無敵的守城武器和戰略戰術，也無法解決守軍的糧食問題，這是所有守城者最大的弱點，也是所有守城者都無法克服的弱點。

任天翔和他率領的義門弟子，作為守衛睢陽最關鍵的人物和最大的功臣，雖然優先得到了糧食保障，但也只能以米糠和野菜充饑，甚至連米糠野菜也只能飽一頓餓一頓，任天翔無法想像，那些完全沒有糧食保障的普通百姓，如何在這場前所未有的饑饉中生存下來。

「公子早些回去休息吧，這裏有我們。」杜剛在小聲提醒，饑餓的時候休息能保存體力，減少饑餓感，這是親身經歷者才能得出的寶貴經驗，這甚至是救命的經驗。

「好！我先回去休息，明天來接替你們。」任天翔說完帶著任俠、褚剛等人下得城樓，沿著黑黝黝的街道緩緩走向自己的住處。

前方突然傳來幾聲慘叫以及小兒戛然而止的哭喊，顯然是被利刃割斷了咽喉。任天翔心中一驚，失聲道：「不好！叛軍入城了！」

不用等他下令，任俠、褚剛等人已衝了過去，不過前方並沒有傳來格鬥聲，只有地獄般的死寂和一兩聲微弱的哽咽。

任天翔三兩步趕到那裏，但見任俠、褚剛的兵刃架在兩個兵卒的脖子上，那是張巡身邊的親兵，任天翔甚至記得其中一個小名叫阿牛。在他們周圍，十幾個兵卒手執兵刃將任俠、褚剛圍在中央，不過他們眼中沒有敵意，只有一種深深的絕望和無奈。

「怎麼回事？」任天翔忙問。就見任俠眼眶紅紅地指向眾兵卒身後，哽咽道：「公子你看！」

任天翔順著任俠所指望去，就見眾兵卒身後拖著兩輛大車，車上層層疊疊堆滿了屍體，大多是婦孺和老者，有血水正淅淅瀝瀝地滴下來，在地上匯成了一股股紅刺目的小溪，最上面幾具屍體還在微微蠕動，顯然是剛死去不久。

任天翔十分震驚，一眼就看到那些婦孺脖子上的傷口，那是被利刃割破，方才聽到的慘叫和戛然而止的哭喊，顯然就是出自他們之口。他不禁厲聲質問：「阿牛，這是怎麼回事？」

阿牛是這一小隊兵卒的頭，雖然脖子上架著任俠的劍，他的臉上卻並無一絲懼色，只有無盡的委屈和愧疚。面對任天翔的質問，他突然像個孩子般嚎啕大哭：「張大人叫我們籌糧，我們也不想，但大人下了嚴令，籌不到糧食，便要咱們做軍糧。」

「張大人叫你們籌糧，可沒叫你們殺人！」任天翔話剛出口，臉上就勃然變色，心中突然升起一種從未有過的恐懼，一股寒意瞬間瀰漫全身，令人從骨髓一直冷到靈魂。他深深地盯著阿牛的眼眸，澀聲問，「這是……張帥的意思？他知道你們在幹什麼？」

阿牛肯定地點點頭：「張帥連自己的夫人都能殺，何況是尋常百姓，這當然是他的意思，不然咱們豈敢做下這種人神共憤的暴行？」

任天翔顫聲問：「這樣的籌糧隊還有多少？」

阿牛哽咽道：「除了我們，至少還有三隊。」

「立刻讓他們停手，我要馬上面見張帥。」任天翔嘶聲道，「在沒有新的命令之前，任何人不得再妄殺一人！」

帶著任俠和褚剛等人，任天翔一路小跑直奔帥府。城裏的戰馬早已殺盡充饑，所有人包括張巡在內，都只能步行。帥府就在原來的睢陽府衙，任天翔不顧守衛的阻攔，在任俠、褚剛等人保護下一路直闖進去，終於在內堂見到了秉燭夜讀的張巡。

「大人，是你叫親兵殺人籌糧，欲以婦孺百姓充作軍糧？」任天翔雙目如赤，厲聲喝問。

張巡從牆上的軍事地圖上轉回目光，擺手示意幾名隨從收起兵刃，坦然答道：「不錯，這是本帥的意思。」

「你怎麼能讓士兵以人充饑？」任天翔不禁上前兩步，厲聲質問，「你怎麼能做下這等人神共憤的暴行？」

張巡平靜地迎上任天翔暴怒的目光，淡淡反問：「那我該怎麼做？你教教我。」

任天翔一窒，爭辯道：「咱們守衛睢陽的目的，是為保一方百姓，救萬民於水火。你這樣做，與那范陽叛軍何異？百姓是死在叛軍的刀下，還是死在你的手裏，對他們來說有什麼區別？」

「有天壤之別！」張巡平靜道，「他們死在叛軍的屠刀下，不過是無謂的犧牲，若作為軍糧供將士們充饑，他們便是保衛睢陽最大的功臣。你想保睢陽一城百姓，而我則是要保整個江南數千萬百姓。為了這個更大的目標，就是犧牲睢陽全城軍民包括我張巡在內，那也是在所不惜。」他略頓了頓，冷冷道，「你以為我不知道那些婦孺的慘狀？你以為我心中沒有愧疚和不安？你以為我的良心會好受？但凡還有一絲對策，我又怎忍心下這樣的命令？如果你有辦法為將士們籌到糧食，我立刻讓籌糧隊停止行動。如果沒有，就請閉嘴！」

任天翔無言以對，睢陽六萬百姓與江南數千萬百姓孰輕孰重，似乎是一目了然，但在他心靈深處，卻感覺不能做如此比較，他們每一個人都有一樣的生存權利，為大多數人的利益犧牲少數人，這不符合墨家平等博愛的精神。不過，任天翔難以理清這其中的主次關係，只能虛弱地質問：「就算你以百姓充作軍糧，睢陽六萬百姓也不夠你堅持多久，如果到那一天，你又怎麼辦？」

張巡淡淡道：「我與許大人和眾將士商議過，先以婦孺老弱充作軍糧，然後是全城百姓。如果到那時睢陽之圍依舊未解，便輪到軍中羸弱的將士，再往後就是所有將士抽籤決定生死。總之一句話，只要睢陽還有一個人，就必須堅守到最後一刻。」

任天翔感覺那種深入骨髓的寒意，又再次瀰漫全身，他第一次意識到面前這個儒門出身的文人，有著常人難以想像的堅毅心志和鋼鐵般的意志，他開始隱隱後悔為睢陽打造了太多的守城利器，憑著墨家那些守城利器，睢陽守軍即便在極端虛弱的情形下，也足以抵抗叛軍的進攻，這原本是保衛睢陽的義舉，卻反而讓全城百姓陷入地獄般的災難。但是要沒有這些守城利器，睢陽一旦不保，整個江南百姓都將暴露在叛軍的屠刀之下，新興的大唐王朝，也將斷絕最後的根基，平定戰亂更將遙遙無期，這中間孰輕孰重，實在令人難以權衡取捨。

渾渾噩噩地回到住所，任天翔倒頭便睡，他竭力想要忘記籌糧隊在全城殺人為糧的暴行，他第一次意識到自己曾經堅定不移的信念和操守，在殘酷的戰爭面前根本就不堪一擊。

朦朦朧朧不知睡得多久，任天翔被腹中的饑火燒醒，望著窗外隱隱發白的天色，他知道很快就能聞到小薇煮野菜的香味。雖然是最苦澀的草根樹葉，但經小薇之手的烹製，也能變成一種難得的美味，那是他有生以來最難忘的味道。

任天翔翕動鼻翼，沒有聞到煮野菜的味道，卻聞到了一股奇異的肉香。他心中先是有些奇怪，但很快就被一種噁心和恐懼激得一跳而起，匆匆開門而出，門外那肉香越發濃郁。他循著肉香來到大廳，就見任俠、褚剛、焦猛、朱寶等人早已聚集在那裏。見他出來，眾人立刻起身相迎，褚剛低聲道：「帥府的伙夫給咱們送來了今日配給的軍糧，大夥兒正等著公子來處理。」

任天翔順著褚剛所指望去，就見大廳中央的飯桌上，擺著一鍋熱氣騰騰的肉湯，幾塊大骨頭撐在鍋中，模樣十分怪異。任天翔心中突然生出一種莫名的悲慟和傷感，急忙掩鼻道：「快拿走！告訴帥府的伙夫，以後不用再給咱們分配糧食。」

那鍋肉湯被送了回去，眾人饑腸咕嚕地望著任天翔，眼中有種莫名的哀傷和絕望。任天翔目光從眾人臉上緩緩掃過，澀聲道：「不管別人怎麼樣，我自己寧可餓死，也決不會吃這種……軍糧。」

「我知道公子不會吃，所以煮了一鍋野菜。」小薇捧著一盆熱氣騰騰的野菜出來，含著淚哽咽道，「不過城裏已經很難找到野菜，甚至連草根樹皮也挖得差不多了。」

任天翔接過野菜粥，讓褚剛分給大家。他捧起小薇的手，就見那雙曾經柔嫩無比的小手上，佈滿了一道道血紅乾裂的口子，他心痛地將它捧在懷中，哽咽道：「辛苦你了……」

小薇微微笑道：「跟前方將士比起來，我這點辛苦不算什麼。倒是公子你，每天不僅要守城，還要操心大家的飲食，實在太難為你了。我真想知道，這睢陽咱們還要守多久？這種日子何日才是個頭？」

任天翔無言以對，他默默地將小薇攬入懷中，低聲嘆道：「我不知道，就是張大人只怕也不知道。我們只知道睢陽是大唐命脈所在，是整個江南最後一道門戶，維繫著江南數千萬百姓的身家性命。除此之外，我們還答應過李泌，要為大唐守住睢陽，這是我作為義門鉅子對李泌的承諾，所以義門弟子將戰至最後一人。」說到這，他微微一頓，柔聲道，「不過你不是義門弟子，沒有必要為睢陽殉葬，我會想法派人送你出城……」

小薇突然捂住了任天翔的嘴，毅然道：「我雖然不是義門中人，但早已將自己當成是你的人。我不會為睢陽殉葬，卻一定要為你殉葬。你生，我就生，你死，我就死。雖然我並不理解你所堅守的大義，但我願意與你同生共死。如果你再說將我送走的話，我現在就死在你面前，給將士們做軍糧。」

雖然小薇最後這一句是玩笑，卻讓任天翔心中一陣顫慄。他急忙將小薇擁入懷中，連連道歉：「我以後不再說將你送走的話，你千萬不可再開這種玩笑。」

小薇默默點點頭，臉上沒有身處絕境的惶恐，只有說不出的坦然和平靜……

自從張巡下令以城中百姓充作軍糧，睢陽人口在急劇減少，不過守軍的體質卻反而在恢復，尤其是儒門眾劍士，一掃先前的滿面菜色，漸漸變得紅光滿面，精神煥發。只有義門眾人身體越發虛弱，還好張巡心知以任天翔為首的義門眾人，對維護那些守城器械和保衛睢陽的重要性，因此對義門眾人額外照顧，讓負責後勤的許遠專門給他們準備不帶腥的軍糧，雖然都是些樹皮草根或糠皮麥稈，卻也勉強保證了義門眾人的基本食物需求。

隨著時間的流逝，任天翔漸漸對戰爭中的一切惡行變得麻木起來。他每天只是機械地檢查城上的各種器械，以保證身體羸弱的將士不必花費太多體力就能輕鬆操持。

這些由墨翟設計、失傳了千年的守城器械，在保衛睢陽的戰鬥中發揮了不可替代的作用。像那種豎三橫七的排弩，一發便是二十七支，一名守軍輕輕一扣，便能達到二十七名箭手齊射的效果，無數攻城的兵將，大部分都倒在了這種排弩之下；又比如那種發射數十斤重石塊的石炮，令公輸白設計的所有近距離攻城武器，通通化為一堆廢材……但是任何精妙的守城器械，也無法代替寶貴的糧食，現在的睢陽除了城頭的守城兵將，城中一片空寂，幾乎已是一座死城。

六萬睢陽百姓，在不到五個月的時間已陸續變成軍糧，勉強維繫著守城將士的生命。現在百姓已被殺盡，一切就如張巡計畫的那樣，開始輪到那些受傷或羸弱的將士了，當受傷的將士也被殺絕，所有兵卒開始抽籤，以決定誰做大家的軍糧，誰繼續堅守睢陽。

面對睢陽正在發生的慘劇，任天翔只能拼命工作，用繁重的勞役令自己忘記思考，他不敢停下來，因為一旦停止工作，他便無法忍受來自內心的拷問——這樣堅守睢陽，究竟還有沒有意義？

每天從清晨一直忙碌到深夜，任天翔才拖著疲憊不堪的身體回到住所，除了忍受肉體的饑餓，還得忍受來自內心的拷問。陪同他的義門弟子也都不再開口說話，他們就像失去靈性的行屍走肉，只是默默地做著自己該做的事，他們像任天翔一樣，默默地履行著對大唐朝廷的承諾——堅守睢陽，直到最後一人。

只有回到住所，看到小薇捧著分量日漸減少，而且越發難以下嚥的食物迎上來，任天翔才感覺自己依然還活著。只有看到這個生命中最重要的女人，他才感覺自己的堅守還有那麼一點理由。

但是這次回到住處，小薇沒有像往常那樣迎出來，灶臺上用樹皮熬的粥還冒著騰騰的熱氣，但小薇卻不見蹤影。任天翔心中一緊，突然想起來那些饑饉的兵卒望向小薇的目光，那是餓狼一樣的寒光。

「快找到小薇！立刻！馬上！」任天翔急得嘶聲高呼。義門眾人立刻行動起來，分頭四下搜尋，最後任俠拿著一條扯斷的絲條回來，臉色異常凝重。那是一種華麗的絲條，只有儒門劍士才用。

「快追！」任天翔心急如焚地直奔儒門劍士的居所，還沒進門，就見廚房有騰騰炊煙升起，褚剛一腳踢開大門往裏便闖，眾人直奔廚房，就見幾名兵卒正在生火燒水，小薇則被綁縛於地，口中塞著破布，眼中滿是驚恐。

「混蛋！」任天翔一腳踢開一名兵卒，拔刀割斷小薇身上的繩索。小薇「哇」地一聲撲到他的懷中，渾身就如受驚的小兔般簌簌發抖。任天翔又是心痛又是害怕地小聲安慰，「沒事了，現在沒事了。」

幾名兵卒虎視眈眈地圍在四周，卻並沒有道歉賠罪的意思。任天翔剛放鬆的心又緊了起來，不禁呵斥道：「你們想幹什麼？不要命了？」

一名兵卒毫無懼色道：「反正咱們早晚是個死，不是戰死就是餓死，不如臨死做個飽死鬼。何況張大人早有諭令，睢陽城除了守城的將士，誰都可以作為軍糧，為什麼這個女人要例外？」

「不錯！」另一個兵卒接口道，「昨天我的兄弟抽到了死籤，已經心甘情願做了大夥兒的軍糧，他可是守衛睢陽的功臣，斬殺的敵兵不下百人。為什麼守城的勇士必須死，這個女人卻可以活？」

這話引起了所有兵卒的共鳴，眾人開始鼓噪起來，猶如餓狼圍著食物般虎視眈眈，不願就這樣散去。圍在任天翔身邊的任俠、褚剛、焦猛、朱寶四人面色大變，雖然憑他們的武功可以輕易將這些兵卒打倒，但是面對一群餓瘋了的惡狼，即便是猛虎也會感到恐懼，難道真要將他們斬盡殺絕？

眼看衝突一觸即發，突聽門外傳來一聲輕喝：「住手！」

聽出是肖敬天的聲音，任天翔暗自鬆了口氣，他知道這些兵卒歸儒門劍士指揮，有肖敬天出面約束他們，應該可以將這場衝突化解於無形。

就見肖敬天背負雙手，在幾名儒門劍士陪同下緩緩踱了進來，他抬手給了幾名兵卒一人一個耳光，呵斥道：「難道你們不認識任公子？他不僅是義門鉅子，也是張大人最為倚重的左膀右臂，你們竟敢對他兵刃相向？」

待幾名兵卒悻悻地收起兵刃，肖敬天這才對任天翔抱拳道：「兄弟們有眼無珠，冒犯了任兄弟，還望任兄弟莫要跟他們一般見識。」

任天翔強笑道：「肖兄客氣了，這事我不再追究，希望肖兄不要再難為這些兄弟。」

肖敬天點點頭，轉向眾兵卒呵斥道：「還不快給任公子賠罪？感謝他的寬宏大量。」

幾名兵卒心有不甘地低頭賠罪，其中一個小校卻憤憤道：

「我們知道他是義門鉅子，是守衛睢陽的有功之人，但那又如何？這裏誰不是守城的功臣？他功勞再大，能大過張帥和許大人？張帥都將自己女人殺了充作軍糧，許大人也殺了自己僮僕，難道他的一個丫鬟比張帥的女人還重要？咱們守城的將士已經在抽籤決定生死，他有什麼理由再養著這個女人？」

肖敬天抬手一掌，將那小校扇得直跌出去，他卻毫無懼色地翻身而起，瞪著肖敬天憤然質問：「肖大俠可以殺了我，但我還是要說，滿城軍民都在為睢陽犧牲，任公子有什麼理由不能犧牲這個丫鬟？難道她比我們所有人都要珍貴？我不服！不服！」

這小校不屈的呼聲引來所有兵卒應和，眾兵卒紛紛跪倒在地，齊聲高呼：「我們不服！不服！」

面對群情激憤的兵將，肖敬天為難起來，他緩緩轉向任天翔，澀聲問：「我很想知道任兄弟有什麼特殊的原因不能犧牲這個女人？如果你無法給大家一個充分的理由，我只怕很難說服這些將士。我知道墨者最重要的原則是平等，不知任兄弟為何要將這女人的性命，凌駕於這些守城的將士之上？難道她比這些將士都要高貴？」

任天翔苦澀一笑，緩緩望向小薇，輕輕挽起她的手，澀聲道：「我曾經以為，犧牲一城軍民以保江南數千萬百姓和新興的大唐，是既無奈又崇高的選擇，但是當這種犧牲降臨到自己所愛的人身上，我才知道這種選擇是多麼的殘酷和無情。我可以漠視陌生人的生死，卻不能無視她的性命，因為這個女人對我來說，比睢陽、比江南、甚至比全天下都還重要。你們如果想要殺她，就必須從我的屍體上踏過去，捨此別無它途！」

小薇原本驚恐不安的目光，漸漸盈滿了淚水，她猛地撲到任天翔懷中，哽咽道：「有公子這話，小薇即便立刻就死，也心滿意足了！」

任天翔的話感動了義門弟子和少數兵卒，卻無法感動那些餓瘋了的儒門弟子和大多數兵將，他們開始發瘋一般撲了上來，雖然領頭者被任俠和褚剛先後擊倒，但更多的人前仆後繼的撲上前，甚至有儒門劍士也加入到他們中間。

原來綁架小薇的行動，正是出自儒門劍士的授意，他們不願看著到手的獵物就這樣不翼而飛。任俠、褚剛等人的武功原本不弱於他們，但是長期的饑餓讓他們的武功大打折扣，與那些用特殊「軍糧」充饑的儒門劍士比起來，他們的武功已落後一大截。焦猛、朱寶先後中劍倒地，他們沒有倒在守衛睢陽的戰場上，卻倒在了自己人的刀下。任俠、褚剛也岌岌可危，在眾兵卒發瘋般的圍攻下，已只能勉力支撐。

「都住手！」小薇突然輕聲喝道，她的聲音出奇的平靜，這份平靜在混亂中顯得有些特別。眾兵卒不約而同停了下來，好奇地望向這個即將成為軍糧的女人。

就見她輕輕捋捋鬢髮，對肖敬天淡淡道，「肖大俠，在全城百姓已經為睢陽犧牲，城中僅剩下我一個女人的時候，我就知道自己遲早也會成為軍糧，我對這一天早有預料，也早有準備。不過在這一天真的來臨時，我有一個小小的請求，希望肖大俠能夠答應。」

肖敬天略一遲疑，低聲問：「什麼請求？」

小薇望向任天翔，柔聲道：「我想嫁給自己深愛的男人，成為他的新娘，明天一早，我會給你們糧食。」

肖敬天雖然覺得小薇的用詞有些奇怪，但也沒有多想，眼看杜剛等義門弟子已聞訊趕來，與儒門弟子默默對峙，他怕夜長夢多，忙點頭道：「好！沒問題，不過，這事得問問任兄弟願不願意。」

任天翔猶豫起來，他知道肖敬天是一語雙關，如果說願意，那麼就是答應了小薇的請求，明日一早就要將她送給肖敬天作為軍糧，如果說不願意，這不僅會傷了小薇的心，也勢必令義門眾兄弟與儒門眾劍士發生火拼。由於義門眾人堅持不食配給的「軍糧」，他們的體能已無法與儒門劍士相提並論，火拼的結果可想而知。任天翔又怎忍心讓義門眾兄弟為自己殉葬？他遲疑片刻，心中終於打定主意，對肖敬天微微頷首道：「我願意。」

肖敬天哈哈笑道：「這是大喜之事，老哥我願意成為你們的主婚人。戰爭期間一切從簡，老哥便將這裏讓出來作為你們的新房，大家以茶代酒，恭祝任公子與小薇姑娘新婚之喜！」

眾人哄然叫好，混亂中，就見杜剛越眾而出，沉聲道：「咱們公子就算要拜堂成親，也該回自己的住所，不敢勞煩眾位儒門的朋友。」

「不行！這女人不能離開！」立刻就有儒門弟子斷然喝道。話音未落，雙方便不約而同拔劍相向，火拼之勢一觸即發。

「住手！都給我收起兵器！」任天翔站到對峙雙方中間，對義門眾人斷然喝道，「儒門與義門都是守衛睢陽的戰友，豈能自相殘殺，自損武功？」他說著緩緩轉向肖敬天，坦然道，「如果肖大俠不嫌叨擾，我願借貴府拜堂成親。」

儒門眾人紛紛叫好，立刻幫著張羅起來。婚禮十分簡陋，卻又有種說不出的隆重。任天翔與小薇在儒門眾劍士虎視眈眈之下，雙雙望天而拜，敬告天地，從此結為夫妻。

當他們被眾人送入洞房之時，杜剛終於有機會擠到他們跟前，他對任天翔低聲道：「今夜三更，我率眾兄弟來接公子和夫人。」

任天翔搖搖頭，盯著杜剛的眼眸正色道：「你回去告訴眾兄弟，任何人不得輕舉妄動，更不可與儒門中人發生衝突，違令者將不再是我義門兄弟。」

杜剛一愣，還想分辯，任天翔已經挽著小薇進了作為新房的內堂。他正想追進去，卻被兩名儒門劍士擋住了去路。就見對方不懷好意地笑道：「閣下要鬧洞房，得先過我們這一關。」

杜剛心中雖有不平，但想起任天翔的叮囑，只得悻悻地退了回來。他回頭對等在大堂內的義門兄弟微微搖搖頭，低聲道：「行動取消，咱們今晚便在這裏等，只要公子一聲招呼，咱們便衝進去救人。」

「要是公子不招呼，咱們是不是任由小薇姑娘被充作軍糧？」有人低聲問。

杜剛一怔，愣在當場。這個問題他答不上來，所有人都答不上來。

內堂之中，燃著兩對紅彤彤的蠟燭，真不知道儒門弟子從哪裡找來這對喜慶的紅燭，火光將小薇的臉色映得通紅，掩去了她臉頰本來的顏色。

見任天翔神情如癡地望著自己，她眼中不禁閃過一絲羞澀，背轉身問道：「人家只是一個醜丫頭，你這樣看著我做什麼？」

任天翔柔聲道：「你不醜，今晚沒有人比你更美。能娶到你這樣漂亮的姑娘，是我前輩子修來的福分。」

「油嘴滑舌！」小薇臉上泛起一絲幸福的紅暈，輕輕靠進任天翔懷中，二人默默相擁，靜靜地沒有說話。

不知過得多久，突聽小薇幽幽嘆道，「真希望這一夜永遠不要結束，黎明永遠不會到來。」

任天翔輕輕握住她的手，在她耳邊低聲道：「你不用害怕，我記得你曾經對我說過，你不會為睢陽殉葬，卻願意為我殉葬，我生，你就生，我死，你就死。現在我告訴你，這也是我想對你說的話。無論等待你的是什麼樣的命運，我都會一直陪著你。就像當初你不忍丟下孤獨的我，在朔方大沙漠中要一直陪我到死一樣。」

小薇渾身一顫，眼中漸漸盈滿了淚水，她突然推開任天翔，低聲道：「轉過身去。」

「幹什麼？」任天翔有些莫名其妙，但還是依言背轉身子。

就聽小薇在身後肅然道：「我要讓你看看真正的小薇，我要你永遠記住我！」

任天翔心中奇怪，但還是老老實實地背對小薇，就聽她在身後窸窸窣窣地收拾了片刻，最後才輕聲道：「好了，你可以轉過身來了。」

任天翔滿是疑惑地轉過身，突然被小薇的模樣嚇了一跳。就見她鼻梁高挺起來，齙牙消失了，粗糙如橘皮的臉頰也變得十分光滑，雖然滿面菜色瘦骨嶙峋，卻依然有種驚人的清純和美麗。她依然還是小薇，但卻是任天翔從未見到過的漂亮小薇。

「你、你……你是誰？」任天翔驚得目瞪口呆，結結巴巴地問。

「我是小薇啊，難道這樣你就認不出來？」小薇嫣然一笑，眼中滿是得意和狡黠，她亮出手中幾根金光閃閃、長逾三寸的針，得意地道，「我原來不過是以金針刺穴之術，稍稍改變了自己的模樣，你現在看到的才是真正的小薇。」

「你真名就叫小薇？那你姓什麼？我好像從來就沒聽你說過。」任天翔呆呆地問，他感覺自己第一次變得那樣遲鈍。

「公子以前也從來沒問啊。」小薇幽怨地瞪了任天翔一眼，方緩緩道，「我複姓司馬，單名一個『薇』字。我從小在長安長大，跟公子算是鄉鄰。」

「司馬薇？」任天翔默默念了一遍，心中陡然一亮，失聲問，「你、你是司馬世家的人？」

小薇坦然點頭道：「不錯，我是司馬世家的二小姐，我有個哥哥叫司馬瑜，好像公子對他比較熟悉一點。」

「你、你是司馬瑜的妹妹？」任天翔感覺自己就像是個傻瓜，他呆呆地問，「你跟著我幹什麼？不會是一開始就想要嫁給我吧？」

「你以為自己是誰？」司馬薇白了任天翔一眼，擺弄著自己的鬢髮徐徐道，「我剛開始只是聽說你害我哥哥棋枰嘔血，又從他手中贏去了一把刀。我哥哥從小聰明絕頂，還從來沒有吃過別人這麼大的虧，因此你激起了我的好奇心，所以假扮青樓女子接近你，想看看你究竟有什麼特別。正好宜春院的趙姨以前是我府上的丫鬟，所以我便扮成醜丫頭小薇來到你的身邊。」

「原來……是這樣。」任天翔呆呆地問，「你不是你哥安插在我身邊的耳目？」

「當然不是！」小薇連忙道，「我是從家裏偷跑出來，哪敢跟家人聯繫？這段時間，我一直追隨你左右，你的好色讓我痛恨，你的多情又讓我感動，你的寂寞讓我心痛，尤其是你誓做天地良心的胸懷和擔當，更是讓我怦然心動。我不知不覺喜歡上了你。尤其是以前在朔方沙漠中，以及現在儒門眾人欲以我做軍糧之時，你不惜與我共死的絕決，都讓我無法不感動。所以我要以本來面目嫁給你，以司馬薇的身分成為你的妻子。我雖然不能完全理解你所追求的大義，但我願一生一世陪伴著你，你生，我就生；你死，我就死。你要為這睢陽殉葬，我便為你殉葬。」

面對司馬薇大膽的表白，任天翔感覺心中猶如一團亂麻，那個醜得有幾分可愛的小丫頭，突然間變成了自己漂亮的表妹，而且還要做自己的妻子，這讓他多少有些突然。清純美麗的司馬薇在他眼中還有些陌生，他更習慣那個叫小薇的醜丫頭。

他有些心虛地避開司馬薇火辣辣的目光，小聲囁嚅道：「這、這也太突然了，而且明日一早，儒門眾人就要將你充作軍糧，不過你也不必害怕，我會一直陪著你，哪怕與你一起做軍糧。」

「我們不用做什麼軍糧！」司馬薇扳過任天翔的臉，面對面對他道，「你一向機敏過人，怎麼突然變得這樣遲鈍？你忘了我是誰的妹妹？難道在我嫡親大哥的眼裏，我還不值幾千擔糧食？」

任天翔一怔，目光漸漸亮了起來，他突然意識到司馬薇的價值。不過他立刻又搖頭道：「不行！我不能利用你去對付你大哥。」

「這不是對付我大哥，而是在拯救睢陽的倖存者，也是在拯救我們自己。」司馬薇再次捧起任天翔的臉，「我不能看著你為睢陽殉葬，更不想與你一起成為軍糧。只要你照著我的話去做，我保證能弄到幾千擔糧食。」

在目前這局勢下，有什麼比糧食更重要？任天翔望著司馬薇的眼眸遲疑了片刻，終於緩緩點頭道：「好！我聽你的。」

第十章 破城

任天翔發怔，他的眼前不斷浮現出無數睢陽將士的面孔，

以及與叛軍在城頭的激烈爭奪，

他沒有想到張巡竟以如此一種慘烈的方式堅守孤城，

他第一次對戰爭生出深深的恐懼和倦意，

甚至不願再去回想與睢陽有關的一切。

一隻巨鼎在睢陽城頭架了起來，鼎下燃起熊熊的烈火，巨鼎旁豎著一面巨大的十字架，其上綁縛著一個看不清模樣的白衣女子……圍城的叛軍雖然見識過睢陽守軍各種稀奇古怪的花招，但這種情形卻還是第一次看到，立刻有小卒去飛報主帥尹子奇和督軍的司馬瑜，他們已經被睢陽城阻擋了近十個月，正為睢陽不可想像的堅固一籌莫展。

「城下的人聽著，叫你們主帥前來答話。」當司馬瑜與尹子奇來到城下，正聽到城頭有人在高呼。

前面領路的小校立刻答道：「尹將軍和馬大人在此，有什麼遺言就儘快交代。」

「讓你們督軍大人走近點，」城上那名儒生打扮的劍士撩開綁在十字架上那女子的頭髮，高聲喝道，「先看清楚她是誰！」

「大人不可靠近，小心有詐。」尹子奇心有餘悸地摸摸自己被射瞎的那隻眼睛，連忙小聲提醒。

司馬瑜對他的警告充耳不聞，縱馬走近數丈，就見他盯著城上那白衣女子，一向冷定從容的神情陡然間變得十分激動，失聲輕呼：「小薇！」

「城中缺糧，所有婦孺老弱已經被充作軍糧。」城上那個儒門劍士朗聲喝道，「這女子現在是城中唯一的女人，按理早該被當做軍糧，我們一直留到現在，就是想知道，她在司馬公子心目中，能值多少糧食？」

司馬瑜沉聲喝問：「你什麼意思？」

那儒門劍士笑道：「我們就想知道公子願用多少擔糧食來交換，如果公子給我們的糧食不能讓咱們滿意，咱們只好將她下鍋煮了，讓將士們分而食之！」說著，他轉向一旁燒火的兵卒吩咐，「將火燒旺點，加上各種佐料，待湯開了便可下鍋。」

燒火的兵卒哄然答應，繼續往篝火中添柴鼓風，鼎中頓時冒起縷縷白汽，顯然那湯水離沸騰已經不遠。司馬瑜鐵青著臉沒有答話，只厲聲喝道：

「讓任天翔那小子出來！我想知道他是什麼意思。」

城頭上露出了任天翔那無奈的面容，面對司馬瑜的質問，他苦笑道：「睢陽被圍近十個月，城中早已經沒有一粒糧食，如果你不答應這些餓瘋了的傢伙，他們真會將小薇當場煮食。」

司馬瑜昂首遙望城頭的任天翔，冷冷喝道：「儒門中人在這種情形下集體墮落我不奇怪，沒想到你義門俠士竟然也變成了為達目的、不擇手段的無恥之徒。我很高興你們最終變得跟我們這些人沒什麼兩樣，因為，這樣的義門就再沒什麼可怕。」

說到這，他略略一停，一字一頓道，「是用糧食換我妹妹，還是看著她被你們烹殺？

對這種幼稚的問題，幾百年前就有一位開國之君做了響亮的回答——請分我一碗羹！」

城上城下的兵將盡皆呆住了，在眼前這種情形下，一般人就算冷血到不願用糧食換回自己妹妹，至少也要先以緩兵之計將那些餓瘋了的守軍穩住，再另想辦法營救自己妹妹，沒想到司馬瑜如此絕決，竟然一口滅掉了守軍最後一絲希望，這簡直就是將自己妹妹往死路上逼啊！

立刻就有餓極了的兵卒嚎叫著撲向小薇，舉刀就想將之刺殺，卻被守在她身旁的褚剛等人打倒。不過，更多兵卒發瘋一般撲上來，他們不知道這只是演給司馬瑜看的一齣戲，以為真要將這女人烹食，眾人不禁奮勇爭先，生怕落於人後。義門眾士武功雖高，卻也抵不住眾多兵卒，形勢一下子便要失去控制。

小薇沒想到會這樣，嚇得失聲驚叫，惶急地高呼：「大哥，我在你眼裏，難道還不如幾擔糧食嗎？你忍心看著我被這些餓鬼吃掉？」

司馬瑜神情如常地淡淡道：「小薇，你已經不是小孩子，必須為自己的行為和選擇負責。既然你選擇了任天翔，並隨他留在了睢陽，就該想到遲早會有這麼一天。大哥不會為了你就放棄睢陽，更不會因為你就受任何人的要脅。大哥唯一能做的就是為你報仇，你若有任何三長兩短，我會讓睢陽所有生靈為你殉葬。」

說完，司馬瑜不顧小薇的哭泣哀求，毫不猶豫轉身就走，再不停留。

眼看他毅然縱馬離去，任天翔的心沉到了谷底。方才司馬瑜僅憑自己望向小薇的一個眼神，就看穿了兩人的真實關係，可見司馬瑜也精通類似「心術」這樣的本領，要想騙過他幾乎就不可能。

任天翔轉向一旁的肖敬天，無奈道：「看來咱們得從長計議，肖兄快阻止他們吧。」

肖敬天冷冷道：「你義門高手都阻止不了那些餓瘋了的兵卒，我又如何能阻止？」

任天翔苦笑道：「那些不遵號令的兵卒，還不都是得到你的授意？大家都是明白人，何必一定要說破。肖兄若再任由那些兵卒胡來，我只好令義門兄弟大開殺戒，放手一搏！」

肖敬天知道義門眾人的戰鬥力，即便在體力極端虛弱的情況下，也足以給守城兵卒造成極大的殺傷，哪怕面對儒門眾劍士，也依然還有極強的反擊能力，一旦他們倒戈，後果不堪設想。想到這，他急忙高呼：「住手！」

誰知那些餓瘋了的兵卒，早已忘記了這是演戲，依然不顧肖敬天的呵斥爭相衝上前。肖敬天見狀立刻拔劍而出，將兩名衝在最前面的兵卒一劍斬殺，然後喝道：「今日的糧食有了，都給我住手！」

眾兵卒一愣，跟著就明白過來，立刻撲上前將兩名剛倒下的同伴剝了個乾淨，協力抬著扔進沸騰的巨鼎，然後眾人便圍到鼎旁，不再關心小薇的死活。

趁這功夫，任天翔急忙上前將小薇解了下來，就見她「哇」一聲撲入任天翔懷中，渾身簌簌發抖，一半是因為害怕，一半是因為被親大哥拋棄的委屈。

任天翔正在小聲安慰，就見肖敬天劍指二人道：

「我已經給過她機會，但她並沒有為咱們弄到一粒糧食，按說她本該就此充作軍糧。不過看在任兄弟的面上，我再給你們一天時間，如果還不能用她換到糧食，那她就必須作為軍糧，以告慰今日替她先死的兩個兄弟。」

肖敬天說著收起長劍，略揮了揮手，示意同門為任天翔和小薇讓開了一條路。

抱著小薇走出儒門眾劍士的包圍，任天翔正要鬆口氣，突聽小薇一聲驚呼，突然撲到他懷中，渾身一軟暈了過去。

任天翔順著她方才目光所及之處望去，就見無數兵將正在分食方才被投入巨鼎中的那兩個同類。小薇雖然知道睢陽守軍是靠吃人在堅持，但親眼看到這樣的情形卻還是第一次，想起被分食的原本應該是她自己，她心中又驚又怕，加上多日忍饑挨餓，因此被嚇得暈了過去。

「睢陽守不住了，咱們唯一能做的，就是為它殉葬。」默默抱著小薇下得城樓，任天翔回頭望望那些因搶得一兩塊人肉而歡呼的同類，不禁悲憤交加地嘆道，「不仁者，天必誅之。睢陽不破，必定沒有天理！」

在杜剛等人護送下，任天翔抱著昏迷不醒的小薇回到住處，看著懷中這個因饑餓而瘦骨嶙峋、因恐懼而不時戰慄的少女，任天翔心如刀割。他將少女小心放到自己床上，仔細為她蓋好被子，然後回頭對身後的義門眾士道：「如果連自己心愛的女人都不能保護，我不知道守衛睢陽還有什麼意義。不過我答應過李泌，因此我必須留下來，直到城破那一刻。這幾個月來，你們已經做了一名墨士能做的一切，現在我以鉅子的身分命令你們，今晚你們各自突圍，以保住你們自己的性命為第一要務。」

「那公子你走不走？」眾人神情大變，不約而同追問。

「我答應過李泌，所以我不會走。」任天翔淡淡道。

「公子不走，我們也決不會走！」眾人爭相道。

任天翔揮手打斷了眾人的嘈雜，正色喝道：「這是鉅子命令，任何人不得再有任何異議，違令者逐出門牆，從此不再是我義門弟子。」

眾人拜倒在地，卻不敢再開口。

就見任天翔面色稍稍霽，緩緩道：「不過在這之前，我有一件事要託付你們。」說著他指向身後的小薇，「今夜將她墜下城頭，將她交給她哥哥。我不能讓她為我、為這個跟她不相干的城池殉葬。我知道這很難，因為我的住所周圍有無數儒門弟子在守衛，他們要確保這個可憐的女孩在明天成為軍糧，以維護他們心目中的公正。不過，他們的公正不是我的公正，我必須要救下小薇，所以，我只有拜託各位了！」

幾個人對望了一眼，爭相答應道：「公子放心，我們一定將她送出城去！」

任天翔點點頭：「很好，你們去吧，我很累，需要休息，希望明日一早能聽到你們已護送小薇離開睢陽的消息。」

任天翔已經離去多時，幾名墨士還在面面相覷，一籌莫展。住所四周都有儒門劍士守衛，若在往日，這些儒門普通劍士根本不在他們眼裏，但是現在他們身體極度虛弱，而那些儒門劍士卻因有特殊的軍糧滋養，身體比他們強壯百倍，要想在他們眼皮底下將一個女人送出城，實在是難如登天。

就在眾人都無計可施之時，就見杜剛一言不發起身離去，片刻後，就見他兩個胳膊下分別夾著一口鍋進來，將兩口鍋置於桌上，他澀聲道：

「這一口鍋中是我們每日吃的樹皮野菜和軟甲上拆下的牛皮；另一口鍋中是許大人分

配給我們的軍糧，往日我們都沒有要，不過，今天我將它留了下來。現在我們每一個人都來做一個選擇，吃或不吃。我不會勉強任何人，不過在選擇之前我要提醒諸位兄弟，這是為了救一個無辜的女孩，她不僅是睢陽最後一個女人，也是鉅子所愛的女人。希望每個兄弟都依照本心，做出自己的選擇。大家懂我的意思嗎？」

眾人當然明白杜剛的意思，只要肯吃許大人分配下來的軍糧，很快就能恢復體力，對付外面那些不入流的儒門劍士自然就不在話下，如果繼續吃那些沒有任何養分的食物，他們就沒有任何機會。

眾人對望一眼，都默默地點了點頭。杜剛見狀點頭道：「很好，現在我將兩個鍋都置於桌子上，然後吹滅油燈，大家在黑暗中做出選擇。用完這一餐我們就行動，將小薇姑娘送到城外。」

見眾人都沒有異議，杜剛先吹滅油燈，然後又仔細關上門窗，待房中徹底黑了下來，他才輕輕揭開了兩個鍋蓋。黑暗中，就聽眾兄弟依次上前取食，然後退到牆邊默默吃下去。由於是在黑暗中進行，沒一個人知道別人的選擇，每一個人除了知道自己吃的是什麼，決不會知道別人在黑暗中做出的選擇。

直到所有人都吃完，杜剛才又重新點燃燈。就見桌上兩口鍋都空了，沒有留下任何一點食物。杜剛示意任俠將依舊昏迷的小薇負上，然後對眾人一揮手：「行動！」

幾個人借著夜幕的掩護，在點倒兩名負責監視義門眾人的儒門劍士後，護著小薇登上了城樓，然後將一條繩索放了下去。

任俠依舊負著小薇悄悄滑到城外，然後親自將小薇送到敵方軍營。他知道只要將小薇送到她哥哥手中，她至少就不再有做軍糧的危險，虛弱到極點的身體也可以很快就得到恢復。

就在義門眾士將小薇送出城的時候，任天翔也帶著褚剛來到了睢陽府衙前。由於是在戰爭期間，府衙一天十二個時辰都開著，以便隨時向張巡彙報最新的軍情。任天翔對守門的老兵道：「麻煩兄弟替我通報，就說任天翔求見。」

那老兵有些為難，遲疑道：「按說張帥早有吩咐，你和儒門肖大俠無論什麼時候都不必通報，可直接去見他和許大人。不過，這個時辰張帥恐怕已經休息，他每天只有這一兩個時辰的休息時間，公子若無要緊的事，是不是過一兩個時辰再來？」

任天翔淡淡笑道：「今晚張帥一定還沒睡，麻煩兄弟立刻替我通報。」

那老兵遲疑片刻，終於抬手示意道：「公子若是堅持，小人不敢阻攔，你有不經通報的特權，公子裏邊請。」

任天翔點點頭，信步進得府衙，舉目望去，果見張巡平日休息的內堂還亮著燈火。他循著燈光來到內堂門前，就聽裏面傳來張巡的聲音：「任公子請進，我已等候你多時了。」

任天翔推門一看，就見張巡神情如常地端坐堂中，不過，任天翔卻從他平靜的臉上看到了一種不同於往日的坦然。

他那瘦骨嶙嶸的臉難得地洗得乾乾淨淨，身上破舊的衣甲也仔細清理過，看來他也知道今晚將是睢陽最後的寧靜。

二人默默相對，最終還是張巡打破了寧靜，淡淡問：「叛軍明日將發起最後的總攻？」

任天翔點點頭：「四門合擊，司馬瑜將親自指揮進攻東門，睢陽守不住了。」

任天翔憑著日漸精深的心術，無數次從敵軍的調動上看破他們的戰略和戰術意圖，這成為張巡排兵佈陣的重要參考和依據，睢陽也才能以寥寥數千之眾，無數次打破數十倍敵軍的進攻，在十多萬叛軍的圍困下堅守十個月之久。但是現在就連任天翔都已經絕望，張巡自然知道這意味著什麼。

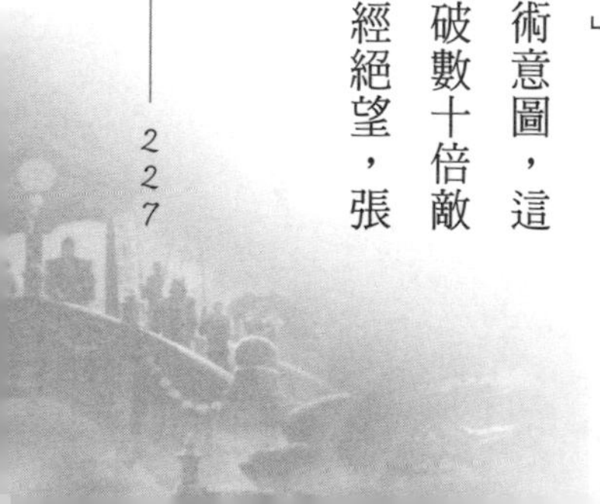

他平靜地整整衣甲，對門外一聲輕呼：「來人，讓所有將領到府衙議事。」他頓了頓，以微不可察的聲音又補充了一句，「最後一次議事。」

二人默默對坐，張巡對任天翔抱拳一拜，懇聲道：「睢陽被圍這十個月，多虧了任公子和義門眾士鼎力相助，睢陽才得以堅守到現在，我要代全城將士及江淮百姓謝謝你們。」

任天翔儀態蕭索地嘆道：「我曾經對堅守睢陽充滿驕傲，認為這是義門弟子的責任和宿命，但是在犧牲了全城六萬多百姓，最後連自己心愛的女人也不能保護之時，我不知道這樣的堅守還有什麼意義？如果為了達到目的，就可以犧牲無數無辜者，我不知道咱們與叛軍還有什麼區別？難道張帥心中就沒有過一絲不安？」

「本帥心中對全城百姓，以及被充作軍糧的將士，當然充滿了愧疚和不安。不過我與公子肩負的責任不同，所以我必須收起任何一絲婦人之仁，不擇手段地守住睢陽。」張巡淡淡道，「公子可以堅守心中的信條，做到決不為任何目的濫殺無辜，但本帥身為睢陽最高統帥，必須在睢陽數萬百姓和江南數千萬百姓，以及大唐江山社稷之間做出選擇。身為儒門弟子，我首先得忠於朝廷和聖上，以最大的忠誠維護大唐江山社稷，為了這個目標，哪怕犧牲全城百姓，哪怕背負萬載罵名，我張巡也在所不惜！」

任天翔默默望著這個瘦弱而平凡的儒門弟子，心中不知是該敬佩還是該鄙夷，儒門信條是人有等級尊卑，有上下之別，為了他們心目中高尚的目標和尊貴者，犧牲普通卑賤者，在儒者看來再正常不過，但是墨門崇尚眾生平等，與儒門的信條格格不入，這也許就是墨門與儒門最大的不同吧。

幾名睢陽城最重要的官吏和將領，包括許遠、南霽雲、雷萬春等陸續趕到，儒門肖敬天也最後趕來。進門後看到任天翔在場，他立刻怒氣沖沖地質問：「義門的人方才襲擊了我的人，不知任兄弟作何解釋？」

任天翔坦然道：「因為我要他們將小薇送出城，任何人若敢阻攔，就必須付出代價！」

肖敬天面色一沉，忍不住拔劍而出，卻被張巡喝止道：「住手！都到什麼時候，難道你們還不能相互忍讓？」

注意到房中凝重的氣息，肖敬天霍然驚覺，不禁將探詢的目光轉向張巡，就見這位睢陽最高統帥微微點了點頭，平靜道：「明日一早，叛軍就將從四門發起總攻，這次他們將傾巢而出。雖然咱們在過去十個月的守城戰中，給叛軍造成了數萬人的損失，但他們依然還有十萬雄兵，而咱們僅剩下六百多個形如餓殍的將士，即便有墨翟秘傳的守城器具和戰術，睢陽也無法再堅守，明天，將是睢陽的最後時刻。」

所有人都沒有感到驚詫，他們內心深處其實早已在盼望著這個時刻，這種像地獄一般的日子若能早一點結束，對大家反而是一種解脫，有人甚至暗自舒了口氣，臉上露出了一絲釋然的微笑。

「睢陽雖然即將告破，但咱們的堅守並非毫無意義。」張巡緩緩道，「我們不僅拖住了叛軍十三萬南征大軍，保住了江淮糧倉，也為西線和東線戰場贏得了時間和主動權。現在咱們的使命已經完成，明日叛軍進攻之時，所有人皆可率部突圍。」

「那張帥你呢？」南霽雲忙問。

就見張巡淡淡笑道：「我身為睢陽最高統帥，將與睢陽共存亡。」

「張帥不走，我們也決不會走！」幾名將領紛紛道。

其實所有人都清楚，要率這幾百名羸弱的將士突圍，無疑是癡人說夢，張帥突圍的命令，其實只是針對儒門和義門寥寥幾位高手而言。不過，就算以肖敬天這樣的身手，要在亂軍中突圍，也是希望渺茫。

「本帥不會勉強你們，」張巡將目光轉向肖敬天和任天翔，淡淡道，「不過我衷心希望像肖大俠這樣的高手和任公子這樣的人才，不要輕言犧牲，因為你們活著，對大唐才有更大的用處，所以我希望你們活下去。而且你們也不是朝廷命官，只為大義助本帥守城，因此也不必為睢陽殉葬。」

張巡說完轉向眾將，平靜道：「現在咱們各依統屬分守各門，為聖上堅守這最後一戰吧。」

任天翔在褚剛陪同下，獨自回到自己住處，默默躺在床上靜靜等待，他知道在叛軍即將展開的攻勢面前，一切努力都將是徒勞，所以他沒有再回到堅守了十個月的城頭。他只想以睡夢來驅走那難以忍受的饑餓，若能在睡夢中去到另一個世界，那簡直是一種幸運，他堅信就算是地獄，也不會比現在的睢陽更淒慘。

可惜他越是想睡，越是無法入眠。窗外的天光隱隱發亮，遠處開始傳來隱約的吶喊和歡呼，他知道那是叛軍攻上城頭的歡呼，睢陽終於告破。他緊繃了十個月的心神徹底鬆弛下來，朦朦朧朧地嘟囔了一句：「我要睡了，沒什麼事別來打攪。」

任天翔睡了十個月來最踏實的一覺，睡夢中，他隱約聽到杜剛、任俠等人的聲音，隱約感覺自己又回到了義門眾兄弟身邊，他睡夢中迷迷糊糊在想：不是已經令杜剛他們護送小薇出城麼？難道他們竟置鉅子令於不顧？

睢陽城外，被阻擋了十月之久的將士們發出震天的歡呼，慶祝睢陽終於攻破。無數將士吶喊著湧上城頭，像萬千螞蟻淹沒了低矮的城郭。在這歡呼的人群中，只有司馬瑜面色陰沉，神情冷漠，全然沒有一絲大功告成的喜色，反而有種難以覺察的沮喪。

「軍師，發現有小股敵人從東南方突圍，武功十分高明。」一名將領氣喘吁吁地趕來稟報。司馬瑜冷冷問：「有沒有張巡、許遠在內？」

那將領搖頭道：「他們身著布衣，沒有官服甲冑，也沒有護衛親兵。他們多使刀劍等短兵刃，不像是官兵。」

司馬瑜身後的辛乙低聲道：「肯定是義門中人，任天翔一定在其中，我帶人去將他給先生抓來！」

司馬瑜微微搖頭道：「你的目標是張巡、許遠，我要你趕在他們自裁之前將他們生擒活捉，千萬不能讓他們與睢陽共亡。」

辛乙愣了一愣，心中對這樣的命令雖然有些不解，但也沒有猶豫，立刻拱手道：「屬下遵命！」說著一揮手，帶著幾名隨從縱馬直奔城門，不顧一切地撞開那些混亂的兵將，轉眼便消失在睢陽城內。

司馬瑜縱馬直奔東南方，在登上一處地勢稍高的土坡後，便看到了那一小股突圍的猛士。那真是一股令人側目的猛士，人數雖少，但武功之高令人咂舌，在上萬范陽精銳的包圍中縱橫馳騁，如入無人之境，數十倍的對手也不能阻擋他們前進的步伐。

緊隨司馬瑜身後的尹子奇見狀，不禁切齒道：「這一定就是協助張巡守城的義門中人，末將要親率高手去將他們全部擒獲，並將他們凌遲處死，方消我心頭之恨！」

司馬瑜遙望著漸漸突出包圍的義門眾士，淡淡道：「不，讓他們走。」

「讓他們走？」尹子奇以為自己聽錯了，不禁失聲問，「為什麼？」

司馬瑜似乎不願多作解釋，只道：「留著他們，對我還有更大的作用。」

尹子奇還想再問，就見一名信使在兩名偏將的帶領下飛奔而至，但見那信使渾身已為汗水濕透，胯下的坐騎更是精疲力竭口吐白沫，一旦停止奔馳便四蹄不支軟倒在地。

就見那信使跌跌撞撞地奔到近前，從懷中掏出一封信函，結結巴巴地道：「京師……有緊急軍情……」

一名副將忙接過信函，遞到司馬瑜手中，司馬瑜展信一看，臉上頓時變色。尹子奇忙問：「信上怎麼說？」

司馬瑜沒有立刻回答，卻抬首望向南方，望向江淮方向，眼中滿是無奈和失落。半晌後，方聽他失魂落魄地道：「洛陽、長安……先後失守，西線戰場全線潰敗，聖上已撤往范陽，唐軍正趕來增援睢陽，我軍優勢盡失，再沒有機會南下江淮。」

這消息猶如晴天霹靂，將尹子奇等人震得目瞪口呆，當初叛軍攻下長安和洛陽之時，所有將領都以為大唐江山指日可待，沒想到，現在長安、洛陽得而復失，這是不是意味著大唐已經開始掌握戰爭的主動，開始發起反攻？

現在大軍雖然攻下江淮最後一道屏障，但大唐已從西線抽調兵力，正火速趕來增援，南征大軍雖然攻下睢陽，但已不敢再繼續南下，孤軍深入再加腹背受敵，遲早全軍覆沒。

眾將的目光都落在司馬瑜臉上，就見他依依不捨地從南方收回目光，艱澀地從齒縫間吐出幾個字：「撤！回范陽與聖上會合！」

一點溫暖黏稠的液體順喉而下，像母親的乳汁般香甜，任天翔在睡夢中貪婪地吞嚥吸食，直到從那種孩童般的純真美夢中突然醒轉。身子在微微顛簸，耳邊能聽到轔轔的馬車聲，他勉強睜開一隻眼睛，就見任俠正將最後一勺米粥餵入自己口中。

「我這是在哪裡？」任天翔虛弱地問，雖然腹中已經充實而溫暖，但他的頭腦依舊有點迷糊，那是瀕臨死亡時留下的後遺症。

「我們正在去長安的路上。」任俠小聲答道，「公子已經昏迷了三天，我們也走了三天。」

任天翔怔忡良久，幽幽問：「睢陽……怎麼了？小薇呢？」

「睢陽三天前被攻破了。」任俠輕聲道，「不過在城破之前，我們已遵公子所囑，將小薇姑娘送到了司馬瑜帳中。不過我們沒有遵公子之令，就此離開睢陽，而是在城破之時，合力殺回睢陽將公子救了出來。這是我們共同的決定，因為我們都覺得，義門可以沒有任何人，也不能沒有公子，如果公子因此而怪罪，我們願共同承擔。」

任天翔默然良久，輕輕嘆道：「除了我，還有誰最終成功突圍？」

任俠沉吟道：「儒門將士一直都以軍中提供的軍糧充饑，體能基本沒有損失，在肖敬天率領下，應該能夠突圍。不過張巡、許遠兩位大人以及以南霽雲、雷萬春為首的守城將士，最終還是落到了叛軍手中。只是他們都堅決不降，聽說已被叛軍所殺。最後被俘的數百官兵，沒一個投降。」

雖然是早已料定的結果，任天翔心中還是一陣悲涼，數千守軍、數萬百姓的慘烈犧牲，最終還是未能保住睢陽，那這樣的犧牲又有什麼意義？

任俠像是看透了任天翔的心思，小聲安慰道：

「不過咱們並沒有失敗，睢陽十個多月的堅守，不僅保住了江淮糧倉，也拖住了叛軍十幾萬精銳，為西線戰場贏得了時間和戰機。聽說郭子儀將軍在香積寺大破安慶緒十幾萬精銳，爾後又收復了長安和洛陽，整個關中地區已重回唐軍之手，現在安慶緒已率殘兵往范陽逃竄，唐軍主力也已趕來救援睢陽。不過他們還是晚了幾天……僅僅晚了幾天……」

說到這裏，任俠已哽咽不能言。

任天翔勉強撐起身子，從車窗往外望去，但見外面赤地千里，目光所及不是斷垣殘壁，就是莽莽荒原，除了馬車兩旁這數百唐軍將士，幾乎是荒無人煙，他不禁喃喃問：「這是哪裡？咱們這又是要去哪裡？」

「這是河南境內。」任俠小聲道，「因遭叛軍蹂躪，早已是赤地千里，還好咱們突圍後遇到了趕來救援的唐軍前哨部隊，靠著他們支援的糧食，咱們才總算吃了幾個月來第一餐飽飯。聖上聽說睢陽保衛戰的慘烈，因此特令唐軍護送睢陽守軍入京面聖。不過，睢陽如今僅剩下我們這幾個倖存者，所以他們要一路護送我們入京。我們倒不稀罕皇上的封賞，只是張巡、許遠兩位大人守衛睢陽的功績，以及全城將士和百姓的忠勇義烈，我們必須親自向聖上稟明，方能告慰兩位大人及全城將士和數萬百姓的在天之靈！」

任天翔默然點頭，小聲問：「兄弟們……都沒事吧？」

「除了焦猛、朱寶兩位兄弟，因傷在儒門劍士手下，加上長期饑餓，最終不幸身亡外，咱們都沒事。」任俠關切地道，「倒是公子你的身體，早已經羸弱到極點，咱們將你從睢陽救出後，你一直就昏迷不醒，我們都很擔心。不過現在公子終於醒來，咱們總算可以放心了。」

「讓公子多休息吧，別讓他再多操心了。」前方傳來一個粗豪的聲音，卻是趕車的褚剛。

「對對對，公子你先休息，我晚點再給你弄點好吃的。」任俠說著連忙跳下馬車，將任天翔一個人留在了緩緩而行的馬車中。

獨自躺在舒適的車中，任天翔望著車頂定定發怔，他的眼前不斷浮現出無數睢陽將士的面孔，以及與叛軍在城頭的激烈爭奪，雖然這已經過去了許多天，但在他眼前依舊是那樣清晰。在守衛睢陽之前，他也曾無數次設想過戰爭的酷烈，但決沒有想到會酷烈到如此程度，數千將士，數萬百姓，在張巡率領下竟以如此一種慘烈的方式堅守孤城，這是一種怎樣的壯烈，抑或是罪孽？他第一次對戰爭，生出深深的恐懼和倦意，甚至不願再去回想與睢陽有關的一切。

馬車走走停停，半個月後，長安城終於遙遙在望。在離城十里之遙，就見季如風、洪邪分別率義安堂和洪勝堂弟兄迎了上來，眾人說起別後之情，才知季如風和洪邪各率義門兄弟，在唐軍大敗叛軍的香積寺決戰、以及在隨後收復長安、洛陽兩京的戰鬥中，俱發揮了極其重要的作用，是他們為唐軍提供了叛軍的情報，為郭子儀排兵佈陣提供了準確的依據和資訊。

在離城門五里之遙，就見一彪人馬飛奔而至，領頭的竟是如日中天的郭子儀。任天翔雖然自朔方一別後，就再沒見過他，卻也多次聽到過他和朔方軍的驕人戰績，尤其是他指揮各路兵馬打敗范陽精銳的香積寺一戰，更是成為大唐收復兩京、奪回戰略主動的關鍵。任天翔連忙上前拜道：「在下何德何能，竟勞老將軍親自相迎？」

郭子儀翻身下馬，搶先向任天翔拜倒，將任天翔嚇了一跳，趕緊翻身下馬攙扶，誰知郭子儀依舊強行拜了兩拜，方正色道：「本帥能屢破叛軍，任公子所贈之墨家兵書功不可沒，除此之外，若沒有公子助守睢陽，本帥也不可能在西線擊敗叛軍主力，所以老夫要替前方將士謝謝你。除此之外，本帥還要謝謝留下的這位兄弟，是他多次使我免遭敵人暗算，若沒有他，本帥或許早已死於刺客之手。」

順著郭子儀所指望去，就見他身後閃出一人，身材略顯矮小瘦弱，但氣勢卻如一柄藏在鞘中的寶劍，即便隔著劍鞘也依然能感覺到他那凜凜的殺氣。

任天翔一見之下大喜過望，忍不住上前拍了拍他的胸脯：「小川，你的傷沒事了？」

「多謝公子掛念，我的傷早已痊癒。」小川忙笑著拜倒。

任天翔忙扶起他仔細打量，但見經年不見，小川傷勢不僅已經完全恢復，而且以任天翔敏銳過人的目光看來，對方的精氣神明顯比過去還要充沛，顯然那卷《忍劍》的古譜對他的幫助非常明顯。

二人問起別後之情，才知小川一直留在郭子儀身邊效力，憑著他過人的武功和劍術，已成為郭子儀跟前有數的護衛，並多次識破范陽殺手刺殺郭子儀的陰謀，救過郭子儀性命，難怪現在郭子儀對他十分看重。

眾人邊說邊聊，轉眼來到城門前，就見依舊做布衣打扮的李泌獨自迎了上來，不等任天翔拜見，他已搶先下馬，鄭重其事地對任天翔恭敬一拜：

「我要替江淮百姓、替大唐文武百官，替當今聖上謝謝任公子和所有義門兄弟，以及所有堅守睢陽的百姓和將士。是你們的堅守，為大唐贏得了戰機和時間，你們是擊敗叛軍的第一功臣。」

建功立業，拯救天下蒼生，這曾經是任天翔為之激動的夢想和目標，但是現在，他卻心如死水，沒有一絲大勝歸來的榮耀和驕傲，只有一種深入骨髓的倦怠，他不想再建功立業，也不想再拯救什麼天下蒼生，甚至不願聽到與戰爭有關的一切言語和消息，他只想找個沒人的地方躲起來，遠離戰爭，也遠離塵世的一切喧囂和罪惡。

但是現實讓他無法回避，他是睢陽保衛戰不多的倖存者，張巡和許遠守衛睢陽的功績，需要他親自向聖上稟明，他如實地向聖上稟明了睢陽保衛戰的慘烈，以及張巡下令以百姓為軍糧，以保持守城將士戰鬥力的酷烈之舉，沒有一絲隱瞞，也沒有一絲誇大。他自覺無權評判睢陽將士的這種選擇，也無權評判張巡的功過，所以只能將實情公之於眾，是非功過任由天下人來評說。

任天翔如實的彙報，令滿朝文武震驚，也在朝中激起了激烈的爭論，雖然有部分文臣認為張巡吃人守城實在冷血殘酷之極，大違儒家以仁為本的初衷，但更多的將領卻盛讚張巡的功績，是他在睢陽的堅守令叛軍不得南下，不僅保住了江淮，也拖住了叛軍的南征大軍，為朝廷收復兩京贏得了寶貴的時間和戰機。

爭論的結果，張巡和許遠的功績得到了聖上的肯定，並下詔追封張巡為揚州大都督，許遠為荊州大都督，自南霽雲、雷萬春以下將領也各有封賞，甚至對肖敬天等儒門倖存的劍士，也另有封贈。張巡守衛睢陽的事蹟也為朝廷公開讚頌，並在睢陽為之建祠鑄像，以表其功績。

勸降

第十一章

做了多年提心吊膽的太子，終於可以揚眉吐氣地做皇帝了，他要讓天下人銘記自己的功績，不忘向叛軍發出招降的詔書，連與安祿山一同謀反的史思明，也向朝廷遞交了降表。

收復兩京，這是必定留書史冊的豐功偉業，李亨自然要大肆封賞有功之人，像收服兩京的功臣郭子儀、李光弼，猛將僕固懷恩、李嗣業等等，莫不因朝廷的封賞而歡欣鼓舞。不過在所有受封的人中，卻有一人堅辭不受。堅辭不受也就罷了，他還要率門人歸隱江湖，不再聽從朝廷的調遣，這讓李亨很是不爽。

如果是別人，李亨多半會追究其用心，但這個人功勞太大，而且文有李泌、武有郭子儀等人力保，李亨只能好言挽留，不過在對方的堅辭下，最後也只得任其歸隱，

這個人就是任天翔。

在所有人都在為大唐的勝利歡呼之時，他卻在為睢陽死難的軍民愧疚，雖然他沒有吃過一片特供的「軍糧」，但眼看著這種暴行在自己眼皮底下發生，卻無能為力無所作為，這讓他有種深深的負罪感，辭掉一切封賞並不是因為淡泊名利或惺惺作態，而是因為內心深處感覺自己並不是什麼功臣，而是個罪人，每一個參與睢陽保衛戰的將士，無論是叛軍還是唐軍，嚴格說來都是罪人，都沒有資格接受封賞。

不僅如此，他還對戰爭生出了深深的厭惡甚至恐懼，因此想要逃避。現在大唐已經渡過了最艱難的時刻，叛軍精銳已在香積寺一戰中大部被殲，關中、河南、河北大片領土已為大唐收復，叛軍如今困守東北一隅，想來已不足為慮，所以任天翔不想再介入任何戰

爭。

長安雖已光復，但此時的長安已不是任天翔熟悉的長安。往日的繁華與喧囂，早已成為不可重現的過眼雲煙，在這個物是人非的城市，任天翔再找不到一絲往日的溫暖，所以他帶著幾名義門兄弟默默離去，悄然不知所終。

大唐重新移京長安，百廢待興，李亨也就沒有心思再去關注任天翔的下落。他一面封賞功臣，一面重建長安，同時派使臣去巴蜀迎回太上皇。

做了多年提心吊膽的太子，又以不太光彩的手段搶了父親的寶座，如今他奪回了被父皇丟失的兩京和大片國土，終於可以揚眉吐氣、理直氣壯地做這個皇帝了，所以他要重修太廟，重整朝綱，重改國號……總之，要讓天下人銘記自己的功績。

當然，他也不忘向叛軍發出招降的詔書，只要棄暗投明，過去的罪責不僅一律不究，甚至還可以保留原職，繼續做大唐的太守或節度使。有如此寬大的條件，叛軍將士紛紛上表請降，甚至連與安祿山一同出道，一同謀反，在戰場上擊敗過郭子儀、李光弼等大唐名將的史思明，也向朝廷遞交了降表，現在偽燕國就僅剩下困守鄴城的安慶緒這最後一股反叛勢力，平叛大業似乎就剩下這最後一戰了。

現在大唐人心歸附，兵強馬壯，已與李亨當年在靈武倉促登基之時不可同日而語，東征自然就提上了議事日程。

就在朝廷上下為東征籌措準備的忙亂之際，任天翔帶著幾個義門兄弟卻悄然來到了王屋山，他心中有頗多疑問，想要當面向司馬承禎請教，但在陽臺觀中，他再次與司馬承禎失之交臂，就聽留守的道士對他道：

「公子來得十分不巧，道長三天前剛離開道觀，不知又去哪裡雲遊，歸期更是無人可知。」

任天翔悵然若失，只得去往後山的白雲庵。沒想到母親也雲遊未歸，庵中除了留在這裏的楊玉環和上官雲姝，就只有幾個帶髮修行的姑子。他不便在庵堂久留，只得悵然離去，遙望山外茫茫天地，竟不知哪裡才是自己的家。

「公子難道不想去找小薇姑娘？」褚剛看到了他心底的寂寥和落寞，忍不住小聲提醒，「公子已與小薇姑娘在睢陽拜過堂，雖然那是為應付儒門的無奈之舉，不過，我想小薇姑娘這輩子恐怕都不會再嫁他人了。」

想起在睢陽那地獄般的十個月中，小薇卻像一束微弱的陽光始終在照耀著自己，任天翔心中一陣溫暖，不過他還是有些猶豫，遲疑道：

「我已將小薇送回他哥哥身邊，如果再回去找她，會不會與司馬瑜再起衝突？」

褚剛淡淡道：「那就看小薇在公子心目中有多重要，值不值得為了她再次面對司馬瑜？」

任天翔與司馬瑜多次交鋒，雖然多數時候皆落在下風，但睢陽保衛戰中，司馬瑜的冷血無情和堅忍不拔，第一次令任天翔生出一種發自心底的恐懼，雖然那一戰他並沒有輸，但他決不想再面對司馬瑜，無論是做他的對手還是做他的朋友，他都不想。不過為了小薇，他終於緩緩道：「好，我們去鄴城。」

鄴城城頭，司馬瑜目光呆滯地眺望遠方，極力想要看清地平線盡頭那看不見的對手。大唐九路節度使所率六十萬東征大軍，已經逼近到鄴城附近，而鄴城守軍不過幾萬人馬，這是大燕國最後的家底，這一仗要是再輸，他不知道自己還有什麼本錢繼續賭下去？

「瑜哥，城頭風大，早些回去吧。」身後傳來安秀貞柔柔的聲音，像是膽怯的小丫頭在請示主人。

她原本不是這樣，從小就養尊處優的她，一向都是頤指氣使，但是自從遇到司馬瑜，她漸漸改變了許多，尤其當戰事不利、司馬瑜脾氣大壞之時，她更是謹小慎微小心翼翼，漸漸將自己變成了一個受氣的小丫頭。不過她依然無怨無悔，心甘情願。

司馬瑜沒有理會安秀貞的話，卻掏出袖中那對已經磨得閃亮的墨玉珠子，專心致志地擺弄起來。

這對珠子自從在墨子墓中得到後，就一直沒有離開過他，但是他卻始終沒能勘破它的秘密。他只在珠子上發現了三個花紋般的鐘鼎文——窺天珠。

不過任由他拿著珠子對天瞭望多久，也只發現珠子中央的小孔中，嵌有一層薄薄的水晶，令孔中看到的世界有些變形和模糊外，他沒有發現任何特異之處。

再次拿起珠子對月瞭望，司馬瑜看到的只是一個模糊而變形的月亮，兩顆珠子都是如此，並無任何特異之處。

想起自己在這兩顆珠子上花費的精力和心血，他突然揚起手，想要將之狠狠摔碎，卻被安秀貞捉住手腕道：「別，瑜哥若不想要，不如就給我吧？」

這兩顆珠子司馬瑜曾經珍視如眼珠，不容任何人碰，現在他卻意興闌珊地交給了安秀貞，懶懶道：「你喜歡就拿去吧，不過別告訴別人。」他不想讓人知道自己竟不能破解其中秘密。

安秀貞滿心歡喜地將珠子捧在手中，雖然她不止一次看到司馬瑜在把玩研究它們，但她卻還是第一次真切地捧著它們。

望著那兩顆如眼珠般在掌心滴溜溜亂轉的墨玉珠子，她好奇地問：「它們叫什麼名字？」

「它們叫窺天珠，分為一陰一陽。」司馬瑜鼻孔裏輕哼了一聲，悻悻道，「不過它根本沒任何特別，也許它不過是墨子老兒故弄玄虛之物而已。」

「不是啊，我覺得它很有趣。」安秀貞拿起兩顆珠子，分別置於眼前對著天上明月眺望，像個孩子般欣喜道，「原來它真可以看到天上的月亮和星星，而且是變了樣的星星和月亮，真有趣。」

司馬瑜知道用它看天或別的東西，會產生一種變形模糊的怪異效果，不過他不知道這有什麼意義。

見安秀貞興致勃勃像個剛拿到新玩具的孩子，他不禁提醒道：「別多看，看久了會頭暈。」

「它們分陰陽？為什麼不是雌雄？它們不應該分開。」安秀貞說著將兩顆珠子湊到一起，讓它們小孔相對，然後對天瞭望。不過視野裏一片模糊的光影，什麼都看不到。她並不氣餒，而是像孩子般興致勃勃地翻來覆去地對天瞭望，不時調換兩顆珠子的位置和距離。

見她玩得興致勃勃，司馬瑜卻感到索然無味，正要叫她與自己一起回去，突聽她一聲驚叫，突然將珠子從眼前挪開，對著天上的月亮呆呆地望了半晌，然後又將珠子湊到眼前，跟著結結巴巴地道，「我、我、我看到了！」

「看到了什麼？」司馬瑜莫名其妙地問。

「我、我看到了月亮！」安秀貞滿臉通紅，比第一次接吻還紅。

「這不廢話？」司馬瑜啞然失笑，「誰看不到月亮？」

「是、是不一樣的月亮！」安秀貞說著，將兩顆珠子湊到司馬瑜面前，急切地解釋道，「你仔細看看，不是這樣，要小心調整兩顆珠子之間的位置，在某一個特別的位置，會看到一個完全不一樣的月亮！」

司馬瑜將信將疑地拿起兩顆珠子，照著安秀貞的指點，小心地調整兩顆珠子之間的位置和與眼睛的距離。突然他渾身一震，目瞪口呆地立在當場，一隻眼睛緊閉，一隻眼睛緊緊湊到一顆珠子的小孔前，一瞬不瞬紋絲不動，似乎怕眼前這神奇的景象不翼而飛。

他的眼前出現了一輪碩大無朋的月亮，一輪佈滿坑洞和溝壑的淺黃色月亮……

激烈的打鬥聲將任天翔從迷糊中驚醒，他從車中探出頭來，就見遠方官道上，兩幫人激戰正酣。在赤地千里的河南地界，他已經好久沒有看到過這麼多人，心中不禁感到十分親切，卻沒想到就這不多的人馬，卻在自相殘殺，惡鬥不休。

他本不想多管閒事，但人群中那個依稀有些熟悉的身影突然間吸引了他的目光，他急忙對杜剛等人道：「快過去幫忙！」

「幫哪邊？」杜剛忙問。

「當然是幫那個女人！」任天翔忙指向戰場。就見戰場中一個紅衣女子在人叢中往來衝殺，英姿颯爽，令人側目。

杜剛與任俠應聲而去，就見二人衝入戰團，頓如兩隻猛虎衝入狼群，轉眼間便打倒了十幾個黑衣漢子，剩下的一見形勢不對，急忙呼嘯而去，轉眼便走得乾乾淨淨，場中便只剩下那個紅衣女子和她幾個同伴。

那女子一面令人救助同伴，自己則親自來到任天翔馬車前，拱手拜道：「多謝恩公仗義相救……」

「你想怎樣謝我？」任天翔躲在車中捏著嗓子問。

那女子愣了一愣，遲疑道：「不知恩公想要怎樣感謝？」

任天翔一本正經道：「一個女人在江湖奔波，實在太辛苦，我看姑娘不如就跟了我吧。」

那女子面色陡變，雙目一寒就要發火，任天翔已從馬車上突然跳下，欣然大笑：「跟你開玩笑呢，你這母老虎要真跟了我，那我還不如趕緊找跟繩索上吊算了。」

那女子先是一愣，待看清任天翔模樣，也不禁莞爾失笑，抬手就要給任天翔一巴掌，不過她只是揚了揚手，卻又尷尬地放了下來，臉上泛起一絲紅暈，輕輕一笑：「原來是你，多年不見，還是那般油腔滑調。」

原來這女子不是別人，正是當年與任天翔有過數面之緣的丁蘭。

自從西域一別，二人再沒見過面，任天翔更是再沒有過她的消息，不過當年那一絲尚出於朦朧之中的情愫，卻成為他心中難以忘卻的珍貴記憶。

仔細問起別後情由，才知自范陽兵變之後，大唐漸漸失去了對西域的掌控，吐蕃勢力漸漸東侵，西域商路基本斷絕，因此蘭州鏢局不得不往內地發展。不過戰亂之時，鏢局的生意越發艱難，因此鏢局偶爾也幫唐軍押運一些輕重物資，這次鏢局便是在長安接了十幾車貼了封條的鏢車。沒想到半道上就遇上悍匪，幸虧有義門劍士出手，不然這一趟鏢只怕不保。

任天翔見那些鏢車封得嚴嚴實實，想必十分貴重，忍不住就問：「如此重要的鏢，為何丁總鏢頭沒有親自押運？」

丁蘭眼眶一紅，澀聲道：「去年父親幫助朝廷，將江淮的錢糧押運到關中，沒想到遭遇叛軍襲擊，身負重傷，至今不能下床。我只好替父親走鏢，不過幸好有阿豹和諸位叔叔伯伯幫我，為我分擔了不少重擔。」

說話間，就見阿豹和幾位老鏢師上前與任天翔見禮，眾人對任天翔以前就頗有好感，如今見他已成為義門門主，守衛睢陽的功臣，對他自然是刮目相看。

任天翔見阿蘭提到阿豹之時，神情明顯有一絲異樣，心中便猜到一些端倪。為了證實自己心中的揣測，他悄悄拉過阿豹，低聲問：「豹哥，小弟啥時候能喝到你的喜酒？」

阿豹「嘿嘿」一笑，不好意思地低聲道：「這個……總要等總鏢頭身體痊癒才行。」

相比阿彪來說，阿豹明顯要誠實靠譜得多，任天翔心中也不禁為丁蘭感到高興。

丁蘭問起任天翔的去處，得知他要去鄴城，她不禁欣喜道：「咱們也要去鄴城，正好順路，不如一起走吧。」

任天翔仔細一問，才知丁蘭是要押這趟鏢去鄴城唐軍大營，想必這批物資對唐軍十分重要，既然順路，他當然責無旁貸要隨行護送，這既是幫助朋友，又是幫助唐軍，所以他毫不猶豫就答應下來。當下雙方合作一處，繼續往東進發。

雖然有任天翔等人保護，但沿途兵荒馬亂，總有人覬覦這批鏢車，不斷上前爭奪騷擾。在義門眾士保護下，鏢車雖然無虞，行程卻耽誤了不少，當眾人壓著鏢車趕到鄴城遠郊唐軍大營時，就見唐軍已包圍鄴城多日，卻依然還是久攻不下。

任天翔等人隨丁蘭押著鏢車去唐軍中軍大營辦理完交接，在營門外正好與一員身披甲冑的老將迎面碰上，雙方一見之下都是一愣，就見那老將又驚又喜，上前一把抓住任天翔胳膊欣喜地歡呼：「哈哈，真是天助我也！老夫正要派人去找公子，沒想到公子就正好出現，莫非這就是天意？」

任天翔連忙拜道：「不知郭令公為何找我？」

郭子儀因屢建奇功，在收服兩京後已位列三公，因此世人皆尊稱為郭令公，就見他一聲長嘆，挽起任天翔道：「你隨我去前線看看就明白了。」

不等郭子儀吩咐，早有隨從牽馬過來，郭子儀翻身上馬，示意任天翔隨自己走。任天翔雖然不想再介入任何戰事，但事到如今，也只得硬著頭皮翻身上馬，隨郭子儀直奔鄴城。

片刻後，二人來到城下，就見郭子儀舉鞭遙指道：「公子自己看。」

任天翔舉目望去，就見鄴城高高的城郭上，一排排連環弩、排弩、拋石器、鉅角……

等等守城器械錯落有致地排開，令人不寒而慄。鄴城城牆之下，積滿了無數唐軍士兵的屍體，任誰都能看出，唐軍已經發起過無數次強攻，但都吃了大虧，從城牆根一直延伸到數十丈之外的原野，都已被鮮血染紅。

任天翔心中一緊，他一眼就認出，鄴城城頭架設的那些守城器械，正是自己守衛睢陽時打造的種種器械，雖然睢陽失守後，唐軍銷毀了大部分守城器具，但依然有小部分未來得及銷毀，最終落到叛軍之手。

有公輸白這樣的能工巧匠，叛軍大量仿製這些守城器自然是輕而易舉，如今憑著這些守城器械，叛軍完全有可能將鄴城變成另一座堅不可摧的睢陽，難怪唐軍六十萬大軍，竟拿鄴城束手無策。

「我知道公子不想再捲入戰爭，但是這些守城器你最熟悉，咱們已經吃了大虧，所以公子無論如何得想法為老夫破之。」郭子儀感慨道，「大唐六十萬大軍，而安慶緒剩下不過區區三萬人馬，而且是困守孤城，咱們卻屢攻不下，實在令人慚愧啊！」

任天翔知道是這些墨家守城器械的威力，當初在睢陽，張巡能以七千之眾堅守睢陽近一年，這些守城器械的威力可見一斑。如今安慶緒雖然僅剩三萬人馬，但這三萬人馬卻是當初追隨安祿山起兵的鐵杆精銳，戰鬥力遠勝張巡手下那些東拼西湊的睢陽守軍，再說，鄴城也遠比睢陽高大堅固，短時間內唐軍要想攻下鄴城，恐怕難如登天。

「這些守城器雖然是由我最先依照墨子遺作打造，在睢陽保衛戰中發揮過極大的作用，但是我也沒有破解之法，墨家遺作中也沒有任何破解這些攻城器的戰術或武器。」任天翔無奈道，「不過安慶緒只剩下三萬人馬，又困守孤城，只要被圍時間一長，叛軍看不到希望，遲早會開門投降。」

郭子儀沉聲道：「公子有所不知，史思明在范陽降而復叛，隨時有可能發兵增援安慶緒，他手下還有十多萬范陽精銳，一旦發兵與安慶緒遙相呼應，那又將生出諸多變數。」

任天翔奇道：「史思明降而復叛？這是怎麼回事？」

郭子儀嘆道：「公子遠離朝堂，不知這段時間局勢的變化。當初咱們於香積寺擊敗安慶緒主力，就該乘勝追擊，不給叛軍喘息之機。不過聖上忙著收復兩京，封賞功臣，耽誤了寶貴的戰機。史思明降唐不過是一時權宜之計，一旦渡過危機自然還要做反。他知道安慶緒一旦被消滅，范陽便是唐軍最後的目標，所以他遲早會派兵救援安慶緒。我軍若不能儘快攻克鄴城，後果便殊難預料了。」

任天翔立刻就明白了儘快攻克鄴城的重要性，他想了想，沉聲道：「請將軍准我入城，去勸降安慶緒。」

見郭子儀有些猶豫，任天翔笑道：「安慶緒身邊最重要的智囊司馬瑜，與我有些交情，如果能通過他見到安慶緒，我也許可以說服他歸降。如今安慶緒困守孤城，內無糧草，外無援軍，根本看不到任何希望，我想只要能給他留點顏面和榮華富貴，他沒理由頑抗到底。就算他不降，他手下的將領也難保不會動心。」

郭子儀大喜過望，忙道：「那公子立刻隨老夫去見魚公公，由他任命公子為唐軍招降使。」

「魚公公？哪個魚公公？」任天翔有些意外，「郭令公不是全軍統帥麼？」

「不是！」郭子儀坦然道，「這次九路節度使會攻鄴城，聖上怕各路節度使互相不服，軍令難以統一，所以在九路節度使之上增設宣慰觀察使一職，以號令全軍，這宣慰觀察使是由聖上心腹內臣魚朝恩擔任。」

「什麼？一個太監，竟然擔任了六十萬大軍的統帥？」任天翔失聲問。

見郭子儀苦笑著點了點頭，任天翔心中不由一沉，立刻就猜到了聖上的真正用心。他哪裡是怕郭子儀不能服眾，而是怕這軍功卓著的老將成為又一個安祿山！他對郭子儀已起了猜忌之心，所以寧可讓一個太監當統帥，也不願將大軍交給一個眾望所歸的名將。在大唐各路將領中，誰有郭子儀的戰功和威望？

不過任天翔沒有將心中所想表露出來，只是默默隨郭子儀來到中軍大帳，就見帳外一片忙亂，十多個兵卒正忙忙碌碌地搬運鏢車中的東西。

任天翔一眼就認出那些鏢車，正是丁蘭率眾鏢師從長安千里迢迢護送而來的軍用物資，自己也一路盡心保護。不過看到鏢車中那些「軍用物資」，任天翔肺差點就氣炸了，只見鏢車中竟然是些碗盞杯筷、被褥綢緞和衣衫服飾等雜物，甚至還有兩個純金的夜壺。

「還是宮裏的東西用著習慣。」隨著一聲軟膩膩的嘆息，就見一個年輕宦官從中軍大帳踱了出來，自語道，「這些粗麻爛被讓咱家睡覺都不安穩，還怎麼運籌帷幄？大家當心一點，別把東西弄壞了。」

郭子儀正要上前稟報，那太監卻擺手道：「郭將軍稍等，待咱家安頓好再說。」郭子儀回頭對任天翔抱歉地苦笑，只得耐著性子等在一旁，直等到眾軍士將鏢車中的雜物全部搬入中軍大帳，那太監才想起郭子儀，回頭問：「老將軍有何事？」

不用郭子儀介紹，任天翔也猜到這年輕的太監，就是六十萬唐軍的最高統帥，宣慰觀察使魚朝恩。聽郭子儀說任天翔願去鄴城勸降叛軍智囊，魚朝恩以可有可無的態度頷首道：「那就讓他去吧，反正也不用花費什麼。」

任天翔沒想到自己滿腔熱血，竟招來如此冷遇，雙眼一瞪就要發火，卻被郭子儀攔住道：「公子一心為國的義舉，咱們都會記在心上，若能兵不血刃拿下鄴城，老夫要替全軍將士謝謝公子。」

任天翔冒險入城勸降安慶緒，當然不是為了要別人記著或感謝，聽郭子儀這樣說，他倒有些慚愧起來，忙對郭子儀道：「郭令公言重了，在下所做的一切，跟老令公比起來，根本就微不足道。老令公都能泰然處之，我還有什麼可憤懣的呢？請老令公儘快送我入城。」

郭子儀親自將任天翔送到城下，任天翔對城頭守軍高呼：「速去稟報你們的馬軍師，就說有故人不遠千里前來拜望，想與他一敘舊情。」

鄴城城樓之上，司馬瑜隱在女牆之後，正用窺天珠仔細觀察著任天翔，他身後的辛乙待看清是任天翔，不禁失聲道：「是任天翔那小子，他竟然陰魂不散地追到了這裏！」

想起對方在睢陽給司馬瑜造成的麻煩，辛乙臉上微微變色。

司馬瑜卻是悠然一笑，收起窺天珠道：「咱們的救兵來了，放他進來，不過只能是他一個人。」

城上放下了一個籮筐，任天翔正要上前，任俠等人急忙阻攔，紛紛道：「公子孤身前往，實在太過危險，萬一司馬瑜或安慶緒翻臉無情，公子……」

任天翔擺手笑道：「安慶緒若要殺我，就算我帶一百個隨從又有什麼用？還不如孤身前往顯得比較坦率一點。你們不用擔心，司馬瑜若要殺我，在睢陽城破之時就可以做到，何必等到現在？」

不顧眾人的勸阻，任天翔依然走向到城牆下，跨上城上墜下的籮筐，由城上的軍士緩緩拉上了城頭。

當他踏上鄴城城牆，就見司馬瑜已迎了上來，面帶微笑拱手道：「自睢陽與任兄弟一別，為兄一直就非常掛念。難得兄弟千里迢迢趕來探望，為兄當略盡地主之誼。」

任天翔沉聲道：「我來鄴城只為兩件事，一件是為小薇，她已在睢陽成為我的妻子，我要將她帶走；一件是為大哥和鄴城所有將士，我希望能讓你們與唐軍達成一個雙方都能接受的條件，以免玉石俱焚、生靈塗炭。」

司馬瑜頷首笑道：「我已令人在府中備下薄酒，咱們可以邊喝邊聊。」

司馬瑜的住所是在城中一處僻靜的小院，當任天翔隨他來到這裏，就見一個熟悉的身影已飛一般迎了出來，不顧有旁人在場，她猛地撲入任天翔懷中，狠狠在他肩頭咬了一口，直咬得任天翔鮮血淋淋，她才心痛地鬆開，伏在他懷中嗚咽不能言。

任天翔緊緊將她擁在懷中，在她耳邊喃喃道：「我不會再讓你離開我，我發誓，以後在任何情況下，我們都不再分開。」

司馬薇哽咽道：「你以後要再將我送走，自己去赴死，我就永遠都不會原諒你！」

「不會，再也不會了，我們永遠不再分開，我發誓！」任天翔緩緩將司馬薇放下，捧著她的臉仔細端詳。就見她雖然還有點憔悴，但明顯比在睢陽之時豐盈了許多。任天翔轉頭對司馬瑜誠懇一拜，「多謝你照顧小薇，我會永遠銘記。」

司馬瑜失笑道：「小薇是我妹妹，照顧她是我的責任，有什麼好謝的？倒是你，既然娶了我妹妹，以後可得好好對她，不然我會找你算賬的。」

三人皆面帶微笑，猶如一家人般其樂融融。

這時就聽安秀貞在一旁提醒：「快吃飯吧，菜都快涼了。」

內堂中早有侍從準備了一桌簡單的酒席，任天翔與司馬瑜相對坐下後，小薇正想坐到任天翔身旁，卻被安秀貞拉著手道：「他們兩兄弟好久沒見，一定有許多話要談，咱們去外邊吃，等會兒再跟你大翔哥纏綿。」

司馬薇臉上一紅，只得隨安秀貞依依不捨地離去。

二女走後，房中一下子便靜了下來，司馬瑜舉杯笑道：「自睢陽一別，咱們已有近一年未見，不知兄弟別來可好？」

「不好！」任天翔淡淡道，「一想起自己的結義兄長、小薇的親哥哥如今困守孤城，內無糧草外無援軍，我怎麼能過得好？收手吧，這一局對你來說已經是個死局，再堅持下去不過是塗炭生靈、自取其辱。」

司馬瑜淡淡笑道：「你怎知這一局對我來說就一定是個死局？」

任天翔盯著他的眼睛，沉聲道：「安慶緒僅剩三萬殘兵敗將，以及腳下這最後一座孤城，你還有什麼實力爭霸天下？你手中雖有睢陽繳獲和仿造的守城器械，但又能堅持多久？你的士兵已經面帶菜色，百姓更是羸弱不堪。方才咱們經過市場，那裏已經在賣蛇蟲鼠蟻和野菜，卻看不到一粒糧食，我估計鄴城的糧食已經不夠半月之需。」

「那又如何？」司馬瑜不以為然地笑道，「睢陽在斷糧之後還能堅守半年，鄴城為何不能？別忘了鄴城的百姓可比睢陽多幾倍，兵馬也多幾倍。」

「你……」任天翔氣得滿臉通紅，忍不住一把抓住了司馬瑜的衣襟。

睢陽是他心中永遠的痛，他一直努力想要忘記，卻無數次出現在噩夢中。沒想到司馬瑜竟公然要將鄴城變成睢陽，自然令他怒不可遏，恨不能扒開這傢伙的胸膛看看，那心是用什麼做的。

「你激動什麼？」司馬瑜不以為然地扒開任天翔的手，「張巡能做的事，為什麼咱們就不能做？他靠吃人守城，卻成了朝廷的功臣，我為什麼就成了罪人？」

任天翔無言以對，無奈將司馬瑜放開，黯然道：「你這樣堅守下去有什麼意義？除了讓全城軍民為你的妄想殉葬外，還有什麼翻盤的機會或希望？」

司馬瑜淡淡道：「別那麼肯定，唐軍看似強大，有六十萬之眾，卻用一個從沒打過仗的太監做最高統帥，這難道不是機會？只要我耐心等下去，不愁沒有機會反敗為勝。」

任天翔心知司馬瑜戳到了唐軍最大的弱點，他正待繼續辯解，突聽辛乙在門外小聲道：「先生，聖上派使臣前來質問，為何私自接待唐軍使臣？而不儘快向聖上稟報？」

「知道了，你回覆使臣，我這就將任公子帶去見聖上。」司馬瑜說完對任天翔嘆了口氣，無奈道，「非常時期，連與兄弟敘舊都不能夠，望兄弟見諒。」

任天翔理解地點點頭：「我也想儘快見到安慶緒，向他轉達魚公公的意思。」

司馬瑜推杯而起，慨然道：「那好，我這就帶你去見聖上。」

在司馬瑜陪同下，任天翔很快見到了偽燕國的皇帝安慶緒，向他遞上了署名魚朝恩，實為郭子儀所寫的勸降信，並向他講明了戰與降的利害關係。

就見安慶緒冷著臉沒有立刻表態，只道：「請公子暫時下去歇息，待朕與眾臣商議後，再給魚公公和郭將軍一個答覆。」

待任天翔離去後，安慶緒轉向司馬瑜問：「愛卿怎麼看？」

司馬瑜正色道：「不知聖上對微臣有多大的信任？」

安慶緒忙道：「愛卿既是朕未來的妹夫，又是朕心腹股肱，朕對愛卿向來是言聽計從，愛卿難道對此還有疑問？」

司馬瑜淡淡道：「如果微臣要聖上交出大燕國的玉璽呢？」

安慶緒渾身一怔，不禁愣在當場。

任天翔被內侍送回司馬瑜住處，就見小薇欣喜地迎了出來。二人自睢陽分手後數月未見，心中只覺有說不完的相思和依戀，但真正守在一起，卻又覺得一切語言都是多餘。二人靜靜相擁，一言不發，似不忍打破這難得的安詳和靜謐。

任天翔握著小薇的柔荑，耳朵卻在留意著門外的更鼓。他在耐心地等待著安慶緒的答覆。方才他已從安慶緒的眼神和下意識的小動作中，察覺到自己的話已經有些令安慶緒動心，如果能說服他投降，使鄴城幾十萬軍民免於睢陽那樣的災難，這可稍稍減輕他心中那種揮之不去的負疚感。

注意到他眼中那一絲焦慮，小薇不禁小聲問：「你有心事？」

任天翔勉強一笑：「我在等你大哥，希望他能帶回一個好消息。」

「我陪你一起等。」小薇乖巧地縮到任天翔懷中，靜靜地不再說話。二人默默相擁，靜靜地聽著遠處的更鼓從初更、二更，直到三更，依然不見司馬瑜回來。

任天翔知道，要安慶緒做那樣的決定確實是非常艱難，現在安慶緒也許正與手下徹夜商議，多方權衡，甚至還會與自己討價還價，直到最後才能下定決心。

聽著外面的更鼓已經敲響三下，他輕嘆道：「看來你哥哥今晚是不會回來了，你還是早些歇息吧。」

小薇「嗯」了一聲，卻紅著臉沒有挪步。

任天翔雖然已與小薇拜過堂成過親，卻還沒有真正做夫妻，看到小薇羞澀而期待的眼神，他心中也不禁一陣激蕩，忍不住輕輕吻上她的芳唇。

二人的激情被這一吻瞬間點燃，猶如火山爆發般強烈，不禁緊緊吻在一起，彼此探索著對方唇齒間那獨一無二的氣息，吮吸著彼此最柔嫩的舌尖，恨不能徹底熔化在一起，永遠不再分離。

二人正激情擁吻，情不自禁之際，突聽窗櫺上響起輕輕的敲擊聲，二人霍然驚覺，小薇羞得起身要逃，任天翔忙將她藏到屏風之後，這才低聲喝問：「誰？」

「公子，是我！」窗外傳來辛乙小聲的應答。

任天翔聽他語言焦急，氣喘吁吁，心中雖然有些奇怪，不過還是打開了窗櫺，辛乙靈貓般閃身而入，「噗通」一聲拜倒在地，壓著嗓子哽咽道，「公子快救救司馬先生……」

任天翔吃了一驚，忙將他扶起，低聲問：「怎麼回事？你慢慢說！」

辛乙抹著汗微微喘息道：「聖上因司馬先生私自接待公子，懷疑先生欲與唐軍勾結出賣他，便要先生交代是何用心？先生不小心頂撞了聖上兩句，激怒了聖上，便下令將先生下了大獄，並要在明日一早斬首示眾，作為投敵叛國者戒！」

任天翔聞言不禁愣在當場，沒想到安慶緒大敗之後已是草木皆兵，竟因如此一個牽強的理由就要處決最重要的謀臣。雖然司馬瑜投靠安祿山就沒安好心，但要是因這個理由被安慶緒所殺，倒是應了「報應不爽」這句老話。不過，司馬瑜是小薇的親哥哥，而且在睢陽也曾放過自己一馬，任天翔當然不能袖手不管。

決戰

第十二章

眾將眼中燃起熊熊鬥志，

猶如一群被激發出嗜血欲望的惡狼，發出了震天的嚎叫。

第二天一早，十三萬范陽精銳在史思明親自率領下，

馬不停蹄直奔向南方，安史之亂以來最大一次戰役，

在司馬瑜暗中操縱下徐徐拉開了帷幕。

聽到辛乙的稟報，小薇顧不得羞澀，急忙從屏風後出來，對任天翔急道：「你無論如何得救他一救，我可只有這麼一個哥哥……」

「你不用擔心，我正在想辦法。」任天翔示意小薇不要著急，然後轉向辛乙問道，「司馬公子關在哪裡？」

辛乙忙道：「關在聖上所居的行宮內，那裏戒備森嚴，就算是我也未必能闖進去。」

任天翔又問：「能為司馬公子赴湯蹈火的還有何人？」

辛乙想了想，遲疑道：「若是別的事，也許會有許多人，但若是要背叛安慶緒，冒險闖入行宮救人，除了我和我大哥辛丑，恐怕就再沒有旁人。」

任天翔立刻想起了那個沉默寡言的契丹劍手，辛氏兄弟武功他見識過，絕對勝過江湖上許多一流高手，他們若肯冒險潛入行宮救司馬瑜，倒也不是沒有機會。不過，就算將司馬瑜救出行宮，要逃不出城也是白搭。現在是戰爭時期，鄴城守軍戒備森嚴，要想避過他們的耳目逃出城去，對辛氏兄弟來說不是難事，但要他們帶著不會武功的司馬瑜和武功不高的司馬薇逃出城去，那卻是千難萬難。

任天翔在房中踱了兩個來回，緊鎖的眉頭漸漸舒展開來，他突然無聲一笑：「也許，還有個人也肯為司馬公子赴湯蹈火，即使背叛安慶緒也在所不惜。」

「是誰？」辛乙與小薇齊聲問。

「安秀貞。」任天翔輕輕道。

辛乙有些遲疑道：「這……會不會太冒險？她可是安慶緒的親妹妹。」

小薇立刻道：「秀貞姐對我哥一片癡情，我哥若是有難，她一定會捨身相救。」

辛乙反駁道：「就算她肯救，也必定是連夜入宮去求她哥。現在安慶緒連吃敗仗，猜忌心極重，又喜怒無常難以測度。萬一他不肯放人，豈不是打草驚蛇，再沒有任何機會？」

小薇還想爭辯，卻被任天翔抬手阻止道：「辛乙說得雖然有道理，但是若沒有這位偽燕國公主的幫助，咱們就算將司馬公子救出行宮，只怕也無法避過守軍的巡查將他送到安全地帶，所以這個險咱們必須得冒。」說著他轉向小薇，「你能連夜見到這位公主嗎？」

小薇忙道：「沒問題，她的住所離這裏不遠，我現在就去。」

「不用了，」門外突然傳來一聲冷峭的應答，跟著就見安秀貞推門而入，就見她環顧目瞪口呆的三人，緩緩道，「今晚在行宮發生的事，已有人暗中通知了我，所以我連夜趕來找小薇商量。你們的話方才我已聽到，辛乙說得不錯，現在我二哥因戰事不利脾氣異常暴躁，我也未必勸得住他，所以我不會去求他。」

「太好了！」任天翔欣喜道，「公主殿下深明大義，實乃司馬瑜那小子的福分。有公主接應，咱們救出司馬公子後，定可平安出城。」

辛乙遲疑道：「可是，現在鄴城被唐軍圍得水泄不通，咱們就算出了城也逃不出去啊！」

任天翔笑道：「這個你倒是不必擔心，咱們去朔方軍守衛的陣地。我與郭令公還有點交情，看在我的面上，他定不會為難你們。經過這次教訓，我想司馬公子也不會再為安慶緒賣命了吧。」

辛乙想了想，無奈道：「也只能如此了。」

幾個人又仔細商議了行動的細節，然後立刻分頭行動。由安秀貞憑藉公主的身分將辛氏兄弟帶入行宮，然後由辛氏兄弟潛入天牢救人。而任天翔與小薇則去準備馬車，在行宮外接應。兩個派來監視任天翔的侍衛已被辛乙打倒，不怕他們去通風報信。

四更時分，任天翔與小薇趕著馬車來到預定地點，就見安秀貞攙著司馬瑜從暗處出來，辛氏兄弟緊隨其後。看來他們十分順利，沒有驚動任何人。任天翔見司馬瑜只是精神萎靡，身體並無大礙，忙將他扶上馬車，然後向城門方向飛馳。

由於有安秀貞這個公主掩護，眾人雖然遇到幾撥巡夜的兵卒，卻都被安秀貞搪塞過去。不過在戒備最嚴的城牆上，幾個人還是遇到了最嚴密的盤查，還好幾個人已扮成薩滿教弟子，要連夜出城替聖上去搬救兵，且有既是薩滿教聖女、又是大燕國公主的安秀貞親自相送，守城的將領也沒有多疑，任由幾個「薩滿弟子」借著夜色掩護墜下城頭，連夜出城去搬救兵。

任天翔帶著小薇和司馬瑜，在辛氏兄弟的掩護下悄然來到唐軍陣地。守衛的兵將聽說任天翔連夜回來，連忙開關相迎，並派人飛報郭子儀。

在幾名偏將陪同下，任天翔急忙去中軍大帳向郭子儀覆命，幾個人通過重重關卡來到朔方軍的帥帳外，由於是中軍重地，任天翔只能將小薇和司馬瑜等人都留在帳外，自己獨自去見郭子儀。

少時就見郭子儀披衣從後帳出來，見任天翔安然而回，不禁大喜過望。

任天翔忙將城中的情形草草說了一遍，最後道：「如今安慶緒已方寸大亂，竟因猜忌要殺自己心腹謀臣，所以我趁機將他帶來而見老將軍。不過我答應過他，決不勉強他向唐軍投降，還請將軍善待之。」

郭子儀呵呵笑道：「老夫早聽說叛軍中有個智謀高深的年輕軍師，乃是司馬世家弟子，深得安賊父子兩代器重，沒想到連他也棄安慶緒而去。不知這人在哪裡？快快有請！」

一名親兵應聲出帳傳令，不一會兒卻急匆匆進來稟報：「將軍，那幾個人已不見了蹤影，只剩下一個女人在外。幾個負責看守他們的兵將俱被打倒，其中三人還被剝去了衣甲。」

郭子儀一愣，斥道：「怎麼會這樣？還不派人去追？」

親兵急忙出去傳令，任天翔也跟隨郭子儀出帳查看。就見帳外只剩下小薇和幾個倒地不起的唐軍兵卒，早已不見司馬瑜與辛氏兄弟的影子。任天翔心中一沉，突然意識到自己又上了司馬瑜的大當！本來以他現在的心術修為，要看破司馬瑜的詭計不是難事，只因為有小薇在其中，他便放鬆了警惕，讓司馬瑜鑽了空子。

「你現在滿意了吧？」任天翔將怒火一股腦發洩到小薇頭上，「你又成功幫了你哥一回，讓我將他送出唐軍的包圍。」

「我沒有！」小薇急得淚珠在眼眶中打轉，「我、我也不知道是怎麼回事，辛乙就將我點倒，還塞了一封信在我懷中，然後他們就換上唐軍的衣甲丟下我走了。」

任天翔這才注意到小薇也被點了穴，他忙讓人給小薇解開，然後拿過那封信。就見其上是司馬瑜飄逸的筆跡：「好兄弟，我妹妹就託付你了，望善待之。多謝你送我出城，我一定不會浪費這上天賜予的機會。」

郭子儀接過信看來看，不解道：「他這是什麼意思？」

任天翔頹然嘆道：「我又低估了他，他從來就沒有服輸，而是親自去范陽搬救兵。」

郭子儀疑惑道：「在咱們包圍鄴城之前，安慶緒就多次派人去向史思明求救，史思明卻總是置之不理，難道他去就能說動根本不將安慶緒放在眼裏的悍將？」

任天翔嘆道：「別人或許不行，但他就一定行。史思明的軍隊有了他這個軍師，將變得十分可怕。將軍要提醒魚公公和各路節度使大人，一定要提前做好準備。」

范陽為安祿山經營多年的根基，自安氏父子起兵以來，大批擄掠的財物便都運回了這裏，最後落到了留守范陽的史思明手中。有了充沛的錢糧財物，史思明大肆招兵買馬，手下精兵已達十餘萬，並且多為裝備精良的騎兵，所以他早已不將安慶緒這個大燕皇帝放在眼裏，自然也不會將他派來的使臣放在心上。

在當年范陽節度使的府衙大堂之上，史思明居中而坐，對司馬瑜和辛氏兄弟面帶調侃地笑問：「不知軍師所為何來？」

司馬瑜淡淡道：「我是提前來給將軍送終。」

左右將領聞言面色大變，紛紛厲聲斥罵，有魯莽之輩甚至拔劍而出，恨不能立刻將這出言不遜的儒生斬於劍下。

在眾人氣勢洶洶的包圍之中，司馬瑜神情如常，安如泰山，對眾人的呵斥怒罵根本不放在心上。

史思明擺擺手，廳中漸漸靜了下來。他盯著司馬瑜淡淡問：「軍師何出此言？」

司馬瑜坦然道：「皇上在鄴城抵抗六十萬唐軍，將軍卻在范陽按兵不動。任誰都知道鄴城一旦失守，范陽就是唐軍下一個目標。將軍自信以范陽現有兵馬，能抵擋唐軍九路大軍的圍攻？」

史思明笑道：「我已派大將李歸仁率一萬五千精兵救援鄴城，哪知這小子懼怕唐軍，竟轉道去攻魏州，雖然這小子沒有直接救援鄴城，卻也牽制了唐軍不少人馬，分擔了皇上的壓力。現在本將軍正在調集所部人馬，很快就會擇日南下，為皇上分憂。」

司馬瑜淡淡笑道：「我知道將軍故意拖延，是在爭取更大的利益。所以我給將軍帶來了你最想要的東西，望將軍笑納。」

隨著司馬瑜的手勢，辛乙上前兩步，將手中的錦盒捧過頭頂。立刻有將領替史思明接過錦盒，然後送到他面前。史思明信手打開錦盒，就見盒中是一方晶瑩剔透的玉璽——大燕國皇帝號令天下的玉璽。

史思明眼中閃過一絲喜色，卻故作不解地問道：「皇上這是什麼意思？」

司馬瑜道：「只要將軍肯解鄴城之圍，聖上願將玉璽和皇位拱手相讓。錦盒中有他給將軍的親筆書信，可作為憑證。」

史思明拿出信仔細看完，若有所思地望向司馬瑜問道：「這是出自軍師的計謀吧，以皇上的心胸，不到最後關頭，他決不會放棄這面玉璽。」

「不錯。」司馬瑜坦然道，「是我說服他將玉璽暫時獻給將軍，並保證在渡過危機之後，再將玉璽給他送回去，不然他決不會拿出玉璽。」

史思明狼眼一閃，淡淡問：「聽軍師這話，好像另有深意。」

司馬瑜微微頷首道：「他不知我是真心要將玉璽獻給將軍，而且要助將軍成為大燕皇帝。」

史思明面色一沉：「你這是要陷我於不忠不義！」

司馬瑜微微笑道：「將軍不必惺惺作態，你欲奪大燕皇帝寶座之心，在座諸將只怕無人不知。我雖為安慶緒心腹謀臣，從天寶十一年便追隨先帝謀奪大唐天下，奈何安慶緒非有為之主，只憑著他是先帝兒子這一條才榮登大寶。只可惜要做開國之君，非有雄才大略不能勝任，所以有勇無謀的安慶緒，決不是大燕國真命天子。」

說到這，司馬瑜微微一頓，對史思明拜道：

「而將軍則不同，當年與先帝乃是親如手足的兄弟，先帝的基業有一半是將軍的功勞。而且在後來的對唐作戰中，唯有將軍先後擊敗過大唐名將郭子儀和李光弼，所以將軍才應該是大燕國真正的開國之君。現在將軍唯一顧忌的是，收下這玉璽難免會被天下無知之輩誤解，尤其是怕會遭到忠於安氏的兵將反對。不過，如果我能拿出安慶緒弒君殺父，以陰謀手段篡位的證據，將軍便可名正言順廢掉安慶緒，成為大燕國皇帝。」

此言一出，眾將盡皆譁然，雖然大家對安祿山意外暴斃早就心懷疑惑，但沒有證據，也只能將這種疑惑藏在心底。沒想到司馬瑜竟然有安慶緒弒父的證據，那史思明為義兄報仇，並取而代之就是名正言順了。眾將想到這點，都不禁興奮非常，似看到了一條通往榮華富貴的金光大道。

只有史思明依然保持著冷靜，淡淡道：「如今大唐六十萬大軍壓境，就算我取而代之成為大燕皇帝，只怕這龍椅還沒坐熱，就會被郭子儀、李光弼之輩給趕下寶座，死無葬身之地。」

眾將想起目前局勢，頓像被兜頭澆了一盆涼水，不禁低頭無語。廳中一時靜了下來。

寂靜中，突聽司馬瑜淡淡道：「我既然敢將玉璽獻給將軍，自然就有破唐六十萬大軍之計，不然我何不將玉璽獻給唐軍，好歹也能謀個一官半職，安享後半生的富貴。」

此言一出，眾將盡皆譁然。眾人都是身經百戰的猛將，在叛亂之前就已經在守衛邊關的戰爭中取得過驕人的軍功，集眾將之才也不敢奢談破唐六十萬大軍，更別說對方手中還有郭子儀、李光弼這樣的天才統帥，以及僕固懷恩、李嗣業這樣的曠世猛將。今聽一個文弱書生竟然誇口要破唐六十萬大軍，在眾將看來就如同癡人說夢。

史思明擺手阻止了眾將的嘲笑，淡淡問：「公子可知軍中無戲言這話？」

司馬瑜從容答道：「將軍可與我紙上談兵、沙盤推演，將軍執唐六十萬大軍，而我指揮將軍十三萬人馬，若不能盡破唐軍，將軍可將我斬首示眾。」

史思明哈哈大笑：「好，我就看看你有何本領破我六十大軍。」說著一擊掌，「將地圖拿來。」

立刻有偏將將巨大的地圖鋪開在史思明面前，司馬瑜毫不客氣地在史思明對面坐下，這一瞬間，他就像坐到棋枰旁的國手，氣定神閒，心無二物。地圖上那些山川湖泊和城池官道，在他眼中漸漸變成了棋枰上的經緯線條，臨時用來代表軍隊的棋子，則變成了活生生的千軍萬馬，他猶如指揮若定的統帥，從容不迫地調動人馬，向在戰場上浸淫了大半輩子的史思明發起了挑戰。

眾將也積極地參與討論和推演，他們剛開始全都一邊倒地支持史思明，為史思明出謀劃策，建言獻計，但看到司馬瑜妙計頻出、進退有度，每每於幾無可能的境地死而復生，也不禁高聲喝彩，漸漸傾向於弱小的一方。這場推演不亞於一場真正的鏖戰，足足進行了近三個時辰，史思明最後也不禁擊掌嘆道：

「先生用兵之妙，思明自愧不如，若戰事正如這般演化，確可大破唐軍。不過，這只是紙上談兵，戰爭之道千變萬化，非幾個時辰的推演可預測，而且我也不是郭子儀和李光弼，先生就算能擊敗我，也未必能擊敗郭、李二人。」

司馬瑜胸有成竹地道：「唐軍真正的統帥是魚朝恩，郭子儀和李光弼皆要受他牽制，才能未必能發揮出幾分。除非將軍自認自己還不如一個從未上過戰場的太監，那也就不必再冒險。待唐軍攻下鄴城後，將軍便趕緊率部投降，也許還能保全性命。」

史思明已經降過一次，要是再降只怕也無法保命，他知道自己已經沒有任何退路，終於下定決心，對著地圖狠狠一拳：「幹！就在鄴城與唐軍決戰，俺老史將身家性命全都押上，不擊敗唐軍誓不回師！」

眾將哄然答應，眼中燃起熊熊鬥志，猶如一群被激發出嗜血欲望的惡狼，發出了震天的嚎叫。

第二天一早，十三萬范陽精銳在史思明親自率領下，馬不停蹄直奔向南方，安史之亂以來最大一次戰役，在司馬瑜暗中操縱下徐徐拉開了帷幕。

依照司馬瑜的計畫，史思明沒有率大軍直接救援鄴城，而是直撲離鄴城不遠的魏城，與李歸仁合兵一處，向魏城發起了猛攻，不惜付出重大傷亡，攻下了這種與鄴城遙遙呼應的城池。然後大軍按兵不動，只派小股部隊南下騷擾，以范陽輕騎速度的優勢，不斷襲擾唐軍大部隊，使其不能專心攻城。

史思明並不急於與唐軍主力決戰，而是按照司馬瑜的計畫，等待唐軍與安慶緒拼到兩敗俱傷，再收漁人之利。司馬瑜知道憑藉他留下的守城方略和數量眾多的守城器械，鄴城再堅持幾個月也沒有問題。

唐軍已經做好了應付史思明大軍的準備，史思明卻始終不急於出手，只派小股部隊假扮唐軍，專門襲擊唐軍的糧秣隊。

由於唐軍是九路大軍會戰，各軍之間互不統屬，後勤保障也是各管各，顯得十分混亂，因此給史思明的游擊部隊留下了渾水摸魚的機會。他們或扮成安西軍襲擊朔方軍的糧秣隊，或扮成河西軍搶劫北庭軍的糧草。由於戰事曠日持久，各路大軍糧草漸見緊張，司馬瑜此計令唐軍九路人馬開始互相猜疑，曾經一心對敵的聯盟，漸漸開始產生了裂痕。

面對各路大軍相互指責和告狀，作為全軍統帥的魚朝恩不是居中調停，卻依各個節度使與自己的關係親疏和禮物厚薄來進行裁決，使矛盾越發激化。唐軍中的有識之輩如郭子儀、李光弼等，看在眼裏，急在心上。他們皆知這是史思明的離間之計，便一同向魚朝恩請戰，欲率本部人馬先破史思明的大軍，再取鄴城。

魚朝恩聽罷郭、李二人的請求，卻連連搖頭道：

「九路大軍會攻鄴城，一連數月都無法攻克。九路大軍中，以兩位將軍所率之朔方軍戰鬥力最強，你們要是走了，剩下的七路大軍豈不更是拿鄴城束手無策？咱家早已向聖上誇下海口，要在年前攻下鄴城，作為聖上新年的賀禮，你們這不是故意要我難堪麼？再說了，兵書上早有名言，需集中優勢兵力，各個殲滅敵人。兩位將軍俱是身經百戰的名將，難道連這個道理都不懂？居然要分兵迎敵？」

郭子儀與李光弼自領軍以來，還第一次被人如此教訓，郭子儀不禁搖頭苦笑，李光弼面色一黑就要發作。卻聽魚朝恩又道：「史思明雖占了魏州，卻也沒有再繼續進兵，咱們何必要去招惹他？不如先集中兵力攻下鄴城，再去對付他不遲。」說完他擺手中止了爭論，高聲下令，「傳咱家號令，九路大軍發起總攻，務必在三天之內攻下鄴城！」

魚朝恩雖無兵權，但卻是皇帝派在軍中的最高統帥，猶如皇帝的代言人。幾名節度使對他的命令雖然心懷疑慮，卻也不敢違抗，只得各自率領本部人馬，從四面八方向鄴城發起了總攻。

此時鄴城守軍已知史思明援軍已至，自然是鬥志倍增，安慶緒更是親自登上城樓，身先士卒與唐軍廝殺。他頭腦雖不及其父精明，勇猛卻尤過之，一柄朴刀在手，便猶如殺神降世，殺得僥倖登上城樓的唐軍兵將紛紛墜城而亡。鄴城守軍見皇帝如此勇猛，軍心大振，紛紛爆發出震天的吶喊，悍不畏死地擋住了唐軍一波又一波的衝擊。

安慶緒的勇猛激發了唐軍一員猛將的鬥志，那便是原安西節度副使、現為北庭行營節度使的李嗣業。他當初率五千安西軍精銳入關平叛，在歷次戰役中屢建奇功，罕逢對手。今見安慶緒如此勇猛，不禁激發了他的好勝之心。不顧手下的勸阻，他親自提刀登城，在眾親兵的掩護之下，攀附雲梯登上了城樓，揮刀直奔安慶緒。

鄴城城頭雖有傳自墨子的各種守城利器，但架不住大唐九路大軍不惜代價的猛攻，陸續有小股唐軍登上城牆。叛軍在安慶緒身先士卒的鼓舞下，依然堅守不退。一次又一次地打退了唐軍的強攻，不過在李嗣業登上城樓後，一柄陌刀如入無人之境，連斬十餘名叛軍後，率親兵直奔安慶緒。

安慶緒揮刀迎了上來，二人雙刀相擊，渾身都是一震。李嗣業大叫一聲「痛快」，陌刀如狂風驟雨般傾瀉而出，安慶緒剛開始還能勉強抵擋，十餘招後便後力不濟，漸漸不支。城上城下的唐軍見狀，不禁爆出震天的歡呼，軍心大振，人人爭先恐後地攀上城頭，在鄴城牢不可破的防線上，生生撕開了一道口子。

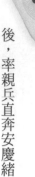

安慶緒在李嗣業快如疾風的陌刀追殺下，漸漸有所不支，不得已向後退卻。這令唐軍聲勢大振，紛紛高呼著爬上城牆。安慶緒眼見攀上城頭的唐軍越來越多，守軍漸有不支之勢，他突然以胡語高呼：「伏倒！放箭！」

聽到這命令的叛軍立刻原地伏倒，幾乎同時，密集的破空聲已如蝗蟲飛過般鋪天蓋地而來，幾乎完全覆蓋了就要被唐軍佔領的這一段城牆。密集的箭雨猶如死神掠過城頭，猝不及防的唐軍將士紛紛中箭。只有聽到安慶緒號令的叛軍兵將，巧妙地避過了這一輪排弩的齊射。

原來這是司馬瑜在城內設下的第二道防線，他將無數排弩和連環弩架設在城內的房頂之上，一旦唐軍攻上城牆，便由城牆上指揮作戰的將領以胡語下達命令。聽到命令的守軍立刻原地伏倒，跟著密集的箭雨就會緊隨而至，任唐軍再多再勇猛，也擋不住如此密集的箭雨。

李嗣業也身中數箭，眼見安祿山又起身殺回，他還想迎戰，卻被幾個傷勢稍輕的親兵強行架離戰場，順雲梯滑下城樓。下面的親兵接住李嗣業時，但見他渾身血流如注，已受重傷。眾將士急忙將之送到後方包紮。安西軍主將受傷，軍心大受影響，好不容易佔領的一段城牆，又被叛軍奪了回去。

雙方鏖戰到天黑，唐軍付出了慘重的代價，依舊沒能攻上城牆。不僅如此，李嗣業還被叛軍排弩重傷，這是鄴城戰役以來第一個身負重傷的唐軍主將，軍心大受打擊，九路大軍只能無功而返。

與此同時，史思明的主力在準備充分、休整完備之後，徐徐逼近到鄴城附近，對唐軍的威脅越來越大。這時魚朝恩又出昏招，下令引漳河之水灌城，河水滾滾湧入鄴城，這雖然給鄴城守軍造成了一點不便，卻給唐軍造成了更大的麻煩。洪水將鄴城周圍的原野變成了一片泥濘，無論攻城器還是人馬過去，都會陷入泥濘之中，成為城上守軍的活靶子。攻城行動難以為繼，魚朝恩又為鄴城守軍贏得了幾天喘息的時間。

而此時史思明已看出唐軍久攻不下，早已人疲馬乏，而且大軍最重要的糧食，在史思明游擊部隊的騷擾攔截下，也越來越緊缺。

他依照司馬瑜的計謀徐徐逼近到離鄴城不足五十里之處，不過他依然不急於與唐軍決戰，只是加緊派出輕騎騷擾、攔截唐軍糧草，一點點地蠶食唐軍優勢。現在就算是以魚朝恩的腦子，也看出與史思明大軍決戰已是在所難免。

經過與九路節度使商議，魚朝恩派出以李光弼為首、以王思禮、許叔翼和魯炅為副的四路大軍迎擊史思明，以郭子儀為首的五路大軍則繼續圍困鄴城。李光弼率二十萬人馬來到滏水，就見史思明十三萬大軍早已嚴陣以待，大戰一觸即發。

史思明大軍側翼的高坡之上，司馬瑜手執窺天珠仔細觀察著唐軍的排兵佈陣，墨子留下的窺天珠原本是觀察天象的儀器，在司馬瑜手中卻成了偵查軍情的絕妙工具。有窺天珠之助，唐軍的排兵佈陣和兵力調遣就如同是在眼前，完全一清二楚，巨細無遺。

「速報史將軍，李光弼大軍正面只是佯攻，有三萬精銳騎兵正悄悄向我軍後方迂迴包抄。這是李光弼手中僅有的騎兵部隊，只要先幹掉它，唐軍就只剩下挨打的份。」司馬瑜收起窺天珠，向隨行的偏將下達了自己的命令。

偏將應聲而去，不一會兒，就見史思明大軍在後方調動、佈置起來，司馬瑜把玩著手中的窺天珠，嘴邊泛起了一絲得意的微笑，心中暗自感慨：這哪是窺天珠？簡直就是勝利珠啊！有了它，對手的一切兵力調動和部署皆一覽無餘，而己方的部署對手卻一無所知，難怪當年墨家軍縱橫天下，屢屢以弱勝強，無數次擊敗十倍甚至幾十倍的對手，除了墨家弟子的勇武和墨家兵法的高明，只怕這窺天珠才是墨家軍天下無敵的最大秘密。

仔細將窺天珠收入袖中藏好，司馬瑜調轉馬頭往己方中軍疾馳。雖然他取得過無數次勝利，但沒有任何一次能像這次一樣信心百倍，胸有成竹。

就在司馬瑜仔細觀察唐軍兵力調動之時，任天翔也在不足五里之遙觀察著叛軍的陣地。他原本不想再捲入戰爭，不過由於是自己被司馬瑜利用，糊裏糊塗地將之送出包圍，所以他覺得自己有責任彌補犯下的過失。

他原本是率義門眾士在郭子儀帳下效力，但魚朝恩分兵之時，卻死活要將郭子儀留下攻鄴城，所以郭子儀便將他推薦給李光弼，因為他對司馬瑜的熟悉程度，顯然是在李光弼之上。

李光弼與郭子儀雖然都出自朔方軍，卻是截然不同的兩個人。與郭子儀的寬容大度不同，李光弼是個不苟言笑、治軍極嚴的鐵血軍人，在軍事上極其自負，他也有資格自負，因為整個唐軍陣營中，唯有郭子儀的戰功比他略勝一籌。所以他對郭子儀推薦的任天翔，雖然心中並不怎麼看重，但表面還是給足了任天翔面子，讓他可以在軍中自由出入，並以幕僚的身分列席其最高軍事會議。

李光弼對自己的態度，任天翔心知肚明，不過他並不計較，他只想幫助唐軍擊敗史思明的大軍，只有這樣才能彌補自己放走司馬瑜，引史思明救援安慶緒的過失。

心術越見精深的任天翔，眼力也越發銳利。雖然他看不到叛軍後部的軍事調動，卻發現了遠處那揚起的塵土，雖然若隱若現極不明顯，而且很快就被風吹散，但他立刻就想到，叛軍後方在進行大規模的軍事調動，從揚起的塵土看，至少是數萬人的大規模調動。

通常後軍是糧草輕重所在，在大戰來臨前決不該有大的調動，叛軍的舉動顯然有些蹊蹺。聯想到今日一大早，李光弼就令騎兵集結，先於大軍出發，莫非是要大範圍迂迴到叛軍後方，在唐軍與叛軍正面交鋒之時，作為勝負手從叛軍後方實施突襲，直插史思明的中軍大帳？

想到這，任天翔心中一顫。這計畫不能說不好，但要是叛軍已知曉李光弼的部署，並作出回應的應對，那後果將不堪設想。任天翔雖然不敢肯定叛軍已知唐軍精銳騎兵在做大範圍迂迴，但臨戰之前叛軍後方那隱約揚起的塵土，卻讓他心中生出一絲警惕。

他急忙勒轉馬頭，招呼幾名隨從道：「走！速見李將軍。」

一路疾馳回營，任天翔直奔李光弼中軍大帳，對正在為大戰做最後部署的李光弼道：

「將軍是否有令騎兵主力迂迴襲擊叛軍後方的計畫？」

李光弼對任天翔臨戰之前節外生枝顯然有些不滿，不過還是耐著性子答道：「不錯，三萬騎兵已經出發近一個時辰，按計劃兩個時辰之後，他們將在叛軍後方發動突襲。」

「有沒有辦法讓他們改變計畫？」任天翔忙問。

得知三萬精銳騎兵已經出發近一個時辰，任天翔心中又是一緊。他知道唐軍騎兵不多，這三萬騎兵是李光弼手中最大的機動部隊，一旦損失，唐軍就只有用步兵去迎擊聞名天下的范陽鐵騎。此刻就算千里快馬也無法將他們追回來，更別說讓他們改變計畫了。不過李光弼卻道：「有，我與騎兵統帥王思禮將軍有約定，只要我燃起三股狼煙，就表示局勢有變，騎兵將改變計畫，立刻撤回。」

任天翔心下一寬，忙道：「太好了，望將軍速令騎兵撤回。」

李光弼不解道：「為什麼？」

任天翔忙將自己的擔憂簡單說了一遍，最後道：「咱們三萬精銳騎兵剛啟程不久，史思明後軍就在做大規模調動，我擔心咱們的計畫已被他識破，三萬精銳騎兵將落入他的陷阱。」

李光弼不以為然道：「公子僅憑天空中揚起的一點塵土，就妄言叛軍會有所準備？要知道這個計畫今早才由本帥親自制定，並且立刻就執行。這個計畫只有我與王思禮、許叔翼和魯炅三位將軍知曉，史思明如何得知？」

任天翔知道王思禮、許叔翼和魯炅都是獨當一方的節度使，忠誠和謹慎都不容置疑，要說他們會走漏最重要的軍事計畫，這實在令人不可想像。不過史思明後軍的調動實在蹊蹺，令任天翔不敢大意，他不顧李光弼的不快，耐心解釋道：

「從揚起塵土看，那是數萬人馬的調動，決非偶然。如今史思明身邊有司馬瑜這樣的鬼才，將軍不可大意啊！」

李光弼搖頭道：「沒有準確的情報，就算是孫武重生，也決不會臨時調動大軍應付來自後方的襲擊。就算我軍的計畫被叛軍奸細探知，他也還在回營的路上，史思明如何提前得知？」說到這他微微一頓，若有所思地問，「你在哪裡看到叛軍後方的揚塵？」

任天翔道：「就在離叛軍前鋒五里之外。」

李光弼在心中默默一算，啞然笑道：「叛軍陣地縱深近十里，你在其前方五里之外看到揚塵，而且準確判斷出那是數萬人馬的調動？本將軍戎馬半生，自問也沒有這等眼力和判斷力，而且，也沒聽說過有人能在十五里之外通過揚塵判斷兵馬調動規模，公子的目力難道比我們所有人都要高明百倍？」

眾將哄然大笑，紛紛道：「聽說公子原本只是個紈褲，沒想到卻將我們這些戎馬半生的軍漢全都比了下去。」

任天翔心知旁人實在難以理解心術之妙，他也無法向旁人說清如何以心術發現規矩的秘訣，面對眾將的嘲笑和質疑不禁無言以對。

就見李光弼斷然一揮手：「大戰之前臨時改變計畫，實為軍中大忌，從現在起任何人再妄言變陣，立斬不饒！」

眾將收起嬉笑，哄然答應。李光弼令旗一揮，昂然下令：「照原計劃加速推進，務必在正午之前，突破叛軍第一道防線。」

眾將哄然應諾，紛紛領令而去。

任天翔心知李光弼治軍極嚴，稍有違令就要受軍法處置，而且他對叛軍如何得知李光弼的計畫也百思不得其解，心中也抱了一分僥倖，暗忖道：或許只是巧合，司馬瑜就算再精明，也不可能僅憑猜測來調動大軍，也許我的擔心有些多餘了。

請續看《智梟》9 千門世家（大結局）

大唐秘梟 卷8 百家論劍（原名：智梟）

作者：方白羽
發行人：陳曉林
出版所：風雲時代出版股份有限公司
地址：105台北市民生東路五段178號7樓之3
風雲書網：http://www.eastbooks.com.tw
官方部落格：http://eastbooks.pixnet.net/blog
Facebook：http://www.facebook.com/h7560949
信箱：h7560949@ms15.hinet.net
郵撥帳號：12043291
服務專線：(02)27560949
傳真專線：(02)27653799
執行主編：朱墨菲
美術編輯：許惠芳

法律顧問：永然法律事務所 李永然律師
北辰著作權事務所 蕭雄淋律師

版權授權：方白羽
初版換封：2017年1月

ISBN：978-986-352-386-4

總 經 銷：成信文化事業股份有限公司
地　　址：新北市新店區中正路四維巷二弄2號4樓
電　　話：(02)2219-2080

行政院新聞局局版台業字第3595號 營利事業統一編號22759935

定價：280元　特價：199元

國家圖書館出版品預行編目資料

大唐秘梟／方白羽著. -- 初版-- 臺北市：風雲時代，
2016.08 -- 冊；公分

ISBN 978-986-352-386-4（第8冊；平裝）

857.7　　105015223